Love Illusion
脫衣舞男與DJ的戀愛假象

Author 非逆
Illustrator 沈蛇皮

-CONTENTS-

Love Illusion

脫衣舞男與DJ的戀愛假

Chapter01

尚恩坐在小餐廳的沙發位中，又一次檢查了自己的手機。

螢幕上乾乾淨淨，沒有任何訊息。他把螢幕再度鎖上，用漆黑的畫面充當鏡子，看了看自己的模樣。他的一頭金髮柔軟地盤據在頭頂與額前，幾縷飛散的髮絲垂落在耳邊。他其實可以用吹風機好好把頭髮吹整齊，或是上一點髮膠，但他在出門前決定什麼也別做。

尚恩崇尚誠實與坦白，如果和這個人見面的目的，是為了見到對方的真面目，那他最好也以自己的真面目示人。所以他最後只穿了一件簡單的襯衫和牛仔褲，用手稍微把金髮撥得蓬鬆，然後就這樣，他現在坐在兩人約定好的碰面地點，看起來像個正要去上課的大學生。

除了他的眼鏡——尚恩和人約會時，通常不會戴眼鏡。那是他去書店上班時才會戴的配件。

他們約定的時間是上午十一點半，現在已經超過十五分鐘了。尚恩在腦中註記了一下。第一次約會就遲到、還一封訊息都沒有，通常就是個超大的警訊，這是尚恩在交友軟體上打滾這麼久以來學會的經驗之一。通常這代表對方沒有責任感、不尊重他人，或者根本就是個自我中心的自大狂。嗯，等一下就能驗證他的看法了。

就在尚恩開始猶豫自己要不要傳訊息給對方，然後動身回家時，小餐廳的門打開了。尚恩看向走進店門的男子，在心底暗自驚呼了一聲。

對方在交友軟體上要不就是刻意挑了一張醜照，要不就是他真的很不會拍照——好吧，或許這麼說也不公平，因為在交友軟體的個人頁面中，沒有一張照片確實捕捉到對方寬闊的肩膀與結實的胸口（雖然此刻藏在合身剪裁的襯衫之下，但反而顯得更顯眼了），也沒有一張照片如實反映出對方那一頭棕色鬈髮的光澤。

而且，這傢伙是有在臉上抹了什麼東西嗎？為什麼他淺褐色的皮膚好像在發亮？

「嘿。」男子一看見尚恩，便閃過一絲愧疚的神情。

他快步往桌邊走來，尚恩則從容地站起身迎接。

「你是伊曼・歐文斯吧？」他對男子伸出手。「如果你準時在十一點半出現，我可能就不會懷疑。但現在我有點擔心我的約會對象被人綁架調包了。」他露出淺淺的微笑，毫不隱藏自己的挖苦。

「對，是我。」伊曼皺起鼻子，自嘲地笑了一聲。「真的很抱歉。我知道這聽起來很像藉口，但我剛才正準備要出來，班上有個孩子就和另一個同學打起來了。」

尚恩歪著嘴一笑。「啊，孩子。我可以想像。」他們握了握手。伊曼的手大而厚實，手指修長，指甲剪得乾乾淨淨。尚恩提醒自己不要和對方握手太久，兩秒之後，他便鬆開了手。「我是尚恩．葛林，但我想你應該還記得。」

「我記得。」伊曼保證道。「而且我發誓，我真的沒有忘記我們今天有約。」

兩人入座後，服務生便來幫他們點單。這是一間離小學很近的家庭式餐廳，菜單上都是常見的品項：吉士漢堡、三明治、鬆餅早餐、各種雞蛋料理。尚恩點了一份三明治總匯，伊曼則點了一份炒蛋和一份漢堡。服務生離開後，伊曼便主動拿了杯子去為兩人裝飲料。

「你喝什麼？」當他把裝了檸檬紅茶的塑膠杯放到尚恩面前時，尚恩好奇地問道。

「我的最愛——白開水。」伊曼露齒一笑。尚恩在心中記上一筆，對方的牙齒白得像是電視上的牙膏廣告模特兒。

「雙份蛋白質、白開水，不喝含糖飲料。」尚恩說。「你在健身嗎？」他看起來確實像是會去健身房的人，那個胸肌和從短袖襯衫下爆出來的二頭肌，可不是每天躺在沙發上看電視、吃洋芋片而來的。

「對啊。」伊曼回答。「當老師有時會讓人覺得自己老了好幾歲，我喜歡透過運動提醒自己還年輕。」

「說得好，這是本日金句。」尚恩贊同地點點頭。「說到這個，你剛才說孩子們打起來了，是怎麼回事？」

「噢，你知道，就是小學生嘛。」伊曼邊說，邊把掉到眼前的鬈髮往後推去。「我們班上有個亞裔學生，今天他帶的午餐便當是那種燉肉，你知道嗎？用醬油燉的那種。有個小混蛋說他帶的是『泡在大便汁裡的大便』，然後那個亞洲孩子就拿燉肉丟他了——我不知道為什麼，幼稚園和小學一年級的學生，都覺得大便是這個世界上最骯髒的東西。」說到這裡，伊曼大概是想起了孩子們為了無聊小事爭執的畫面，便低聲笑了起來。

「我知道。」尚恩也笑了。「我在幫那些孩子說故事的時候，如果我問他們下一頁有什麼，有些孩子也會搶著說『大便』。那些小蘿蔔頭。」

「你說你是在書店上班吧。」伊曼說。「至少你不用每天應付這些小魔鬼五、六個小時。這麼說或許不太好——」他四下張望了一下餐廳。「但有時候我真想打他們一人一巴掌，把他們全部打昏，這樣我的耳朵就可以休息一下了。」他頓了頓，然後壓低聲音。「希望這裡沒有學生的家長，這樣我明天很可能就要被校長約談了。」

「你的祕密在我這裡很安全。」尚恩保證道。「發生在這間餐廳裡的事，就只會留在這間餐廳裡。」

「真的嗎？」伊曼對他挑起眉。「我已經出局了？我連下次在別的地方見面的機會都沒有了嗎？」

這句話使尚恩愣了愣，難得地結巴了。「嗯，不，我的意思是——」

「我開玩笑的啦。」伊曼微笑起來。他喝了一口眼前的白開水。「不論如何，很抱歉我遲到了。但在教室的狀況演變成食物大戰之前，我一定得先制止他們。」

「沒事。」尚恩向他確認道。「偉大的歐文斯老師拯救了世界，我不會介意的。」

「其實，他們不會叫我歐文斯老師。」伊曼回答。「我是親愛的伊曼老師。」

尚恩覺得內心一陣飄飄然，好像一股微風吹過，將他的身體托起在半空中搖曳。伊曼專注看著他的眼神，使他覺得自己此時好像是世上最重要的人——話又說回來，初次見面的約會對象總是這樣，他們會表現得像是一百分的情人，但也就只有最前面的幾次而已。

尚恩早就見識過了。

午餐上桌，兩人開始用餐。尚恩衷心歡迎這個分散注意力的小插曲，因為他發現，伊曼的虹膜是淺淺的綠色，這在髮色和膚色都偏深色的人身上算是十分難得，而他好像有點太喜歡盯著伊曼的眼睛看了。

尚恩專心地進攻眼前的三明治，在內心數著自己咀嚼的次數，好阻止大腦開始不受控制地四處遊蕩。

「那你呢？」伊曼的話硬是打斷了他的數數，切入他的腦海。「書店的工作怎麼樣？」

尚恩嚥下嘴裡的食物，思索了一下。「你是指哪方面？工作本身，還是人的部分？」

伊曼聳了聳肩。「如果你願意的話，我不介意兩種都聽聽。畢竟，你在聊天室裡幾乎什麼也沒透露。」

這是尚恩使用交友軟體的另一個小堅持，比起在線上聊天室裡一聊就是好幾個月，尚恩更喜歡直接和對方打照面。如果在線上聊得熱絡，但碰了面之後卻無話可說，那前面所投資的時間有何意義？而且他知道有些人在網路聊天時，和本人的形象差了十萬八千里。

既然他們的最終目的是要面對面約會，那還不如一開始就跳到最後一步。再說，有些事情不和本人見到面就無從判斷。例如和對方坐在一起時的氛圍。

「嗯，書店的工作，就是你想像的那樣。」尚恩回答。「上架、下架、陳列、處理庫存、收銀、盤點——基本的服務業雜事。然後再外加每個週末早上的『故事角落』時間。這大概是我最喜歡的部分吧。」

「你喜歡的是什麼？」伊曼問。「說故事，還是小孩？」

「我覺得……兩者都是？」

尚恩猶豫了一下。他有答案，但他不確定要不要在第一次約會時，就把這部分的自己攤在陽光下。他有點希望這個問題就在這裡打住，但他隱約知道，伊曼不會就這樣放過他的。

伊曼果真聳起眉，期待地等著他說下去。尚恩和他對視了五秒，然後撇開視線。不、不，這可以留到之後的約會再來說——如果還有之後的話。

「我喜歡孩子們聽故事時的表情。」他有些小心翼翼地說。「他們很認真地相信那些童話故事，那是我們這種大人沒辦法做到的事。」

這是事實，但不是全部。尚恩告訴自己，如果未來時機正確，他就會把剩餘的部分也告訴伊曼。

「噢，深奧。」伊曼微微一笑。「如果有機會，我倒是想帶我班級的小孩們去聽你說故事。」

「當然。你只要提早打電話來店裡預約就好。或者——」尚恩掏出自己的手機，把螢幕解鎖後推到伊曼面前。「你也可以直接打給我。」

在這之前，他們都是用交友軟體的聊天室聯繫的。尚恩挑戰地看著伊曼。伊曼微微一笑，從容地拿起手機，輸入了自己的號碼。

「聽起來不錯。」他打下自己的名字，然後把手機還給尚恩。「記得傳個訊息給我。」

尚恩的心跳突然加速。不知道為什麼，得到了伊曼的號碼，使他一瞬間像是回到了學生時代，初次和喜歡的人交換了聯絡方式的時候。

「所以……」尚恩喝了一口飲料。「除了健身之外，你平常還會做什麼？」

雖然只有短暫地一瞬間，幾乎使尚恩覺得自己看錯了，但他覺得，伊曼的眼神中閃過了一絲遲疑。

「嗯，你知道，就是各種運動囉。」伊曼回答。「騎腳踏車、慢跑那些。」

「就這樣？」尚恩勾起嘴角，試探道。「除了運動之外，你就什麼都不做了？」

伊曼黝黑的肌膚泛起一層紅暈。「不，當然不是。看電影、聽音樂——我只是覺得，你想聽的應該不是那些。我也不知道……這種興趣聽起來有點，呃，普通？」

「這麼說也是。」尚恩點點頭，決定不要追究。

不論剛才伊曼猶豫的理由是什麼，之後總有揭開真相的一天。作為第一次約會，尚恩覺得現在這樣就已經夠了。

接著他們的話題就轉向了別的地方。他們分享了彼此喜歡聽的音樂（伊曼什麼都聽，就只對歌劇沒有興趣；尚恩也是）、喜歡的電影（伊曼喜歡驚悚片，不知道為什麼，尚恩一點也不感到意外；尚恩喜歡愛情片，不管是喜劇或是悲劇都好），還有喜歡的零食（伊曼在作弊日時喜歡吃布朗尼；尚恩則喜歡吃超濃起司口味的奇多）。

在午餐時間結束前，尚恩對伊曼的好感就已經強得足以使他同意下一次的約會——事實上，這次的約會時間短到出乎尚恩的意料。他不確定這是不是自己的心理作用。

「我真的很不想這麼快回去。」伊曼看了一眼手機的時間。「但是學校的午餐時間已經要結束了。」

「誰叫你在約會前先拯救了世界呢。」尚恩微微一笑。

「這樣有讓你比較刮目相看嗎？」伊曼對他眨了眨眼。

這頓午餐有，尚恩想道，但他沒有說出口。

買單時，伊曼堅持要付帳。「下次就輪到你啦。」他告訴尚恩。

典型的二次邀約手段，不過尚恩很樂意配合。

離開餐廳後，尚恩主動提議要和伊曼一起走回學校。

「你是怕我說謊嗎？」伊曼打趣地問道。「擔心我說我是老師的事是騙你的？」

「算是吧？」尚恩似笑非笑地勾了勾嘴角。「曾經有個約會對象告訴我，他是搭地鐵來和我見面的，但走出電影院之後，他就開著一輛豐田走了。」

伊曼不可置信地聳起眉。「說這種謊的意義是什麼啊？他怕你對他的豐田有成見？」

「不知道。誰知道一個人為什麼要說謊？那件事只證明，對方是個會對這種無聊小事撒謊的騙子，這倒是有點意義。」尚恩說。「我相信從一件小事上就能看出一個人的人格。在那之後，我就把他的電話刪掉了。」

「也是很合理。」伊曼回答。「聽起來你的經驗滿豐富的。」

尚恩在腦中默默思索這句話。他不確定伊曼這麼說究竟是褒義或貶義。

「如果你是說從錯誤中學習的經驗，那麼是的，我的經驗真的很豐富，比我想要的豐富多了。」

「好吧，經驗老道的尚恩。」伊曼緩緩地說。「那麼，你覺得我的人格怎麼樣？」

「嗯……我還不確定。」尚恩若有所思地沉默了兩秒，然後回答：「這可能要第二次約會後才會知道。」

伊曼笑了起來。在正午的陽光下，伊曼的牙齒白得幾乎像是在發亮。

回到校門口時，校門口的警衛便對伊曼舉手示意。「午安，歐文斯先生。」他從窗口喊道。

伊曼用「你看吧」的眼神看了尚恩一眼，猶豫了一下，最後把手插進了口袋裡。

「你再傳訊息給我。」他故作嚴肅地警告道。「別吊我胃口，我真的會等的。」

「我不玩釣魚這招。」尚恩向他保證。「放心，回去當你的孩子們小宇宙的英雄吧。」

看著伊曼走上教學大樓的階梯，尚恩便轉過身往小餐廳的方向走去。他的腳踏車還停在餐廳外。他很不想承認，但他覺得自己的腳步輕盈地像是情竇初開的青少年。

不妙啊，尚恩，這可不妙。他腦中有個微弱的聲音提醒道。

但尚恩決定抱持無罪推定原則。在他能證明伊曼就和他以前約會過的那些混蛋們一樣混蛋之前，他寧可讓自己再耽溺在這種充滿希望的氛圍裡久一點。

說實話，如果伊曼的言談中似乎透露著他有一點小祕密，尚恩也不會怪他。儘管他認為坦承是一段關係中最重要的事，他也知道，在初識的時候就要求對方像是一本書一樣任他翻閱，這樣有點太強人所難了。

他相信所有祕密終有見光的一天，只是時間的問題而已。

而且他沒有立場去指責別人話只說一半。

因為，尚恩也有不打算讓伊曼知道的事——至少暫時還不想。

嘈雜的人聲、節奏感強烈的音樂、杯盤碰撞的聲響，交織成一張濃厚的網，將尚恩整個人包裹在其中。整個夜店像是一個與世隔絕的泡泡，在這裡時間的流動彷彿不存在，只有重重的節拍與令人眼花撩亂的燈光是真的。

尚恩的下半臉圍著一條佈滿圖騰的三角布巾，遮住了他的口鼻。在紫色與深粉色的燈光下，也沒人能看清他金髮的顏色。他在音控台上轉動幾個旋鈕，然後把合成器的音量漸漸調小。音控台上五光十色的燈條隨著他的動作忽明忽暗，他切換曲目，把原本的舞曲改成只剩下簡單節奏與和弦的過場音樂。

「各位今天過得還好嗎？」他對著耳掛麥克風說道。

台下的觀眾幾乎全部同時開口，他一個回答也聽不清，但可以感受到舞池裡群眾的熱情。

「我要邀請所有手上有酒杯的朋友。」他說。「如果你沒有酒杯，現在就去吧檯點一杯。我的好朋友兼調酒師喬治——」他伸手指向站在吧檯後方的調酒師，一道聚光便立刻打在對方身上。調酒師對著觀眾咧開嘴、揮了揮手，然後對尚恩比了個中指。「會很感謝我的。」

觀眾們發出一陣笑聲。

「總而言之。我要邀請這裡的所有人。」尚恩說。「我們又在辛苦的人生中撐過了一天，不論是令我們困擾的感情關係、工作環境，或是家庭生活——讓我們向如同戰士的自己乾杯！」

雖然是一句近乎陳腔濫調的台詞，但尚恩滿足地看著台下幾乎所有的觀眾都舉起了手中的玻璃杯或酒瓶。

每當這種時候，尚恩都覺得自己像是在見證某種神聖的時刻。嘹亮的樂聲與迷幻的燈光，似乎總能放鬆人們的心靈。他相信有許多人是為了逃避人生的壓力，才選擇此時此刻來到夜店，來聽他的表演、來舞池裡與陌生人共舞。對尚恩來說，這些人幾乎就和在書店裡聽他說故事的孩子們一樣。孩子們相信童話故事，而老得無法繼續相信童話的這些成年人，需要相信的是別種東西。

「接下來這首歌，是達米安的成名曲〈為你而活〉——再加上一點點我的風格。」

尚恩再度切換歌曲，調大音量。原本應該是情歌的音樂，在尚恩的編排下，加上了反拍的鼓聲節奏，便成了一首可以讓人扭腰擺臀、性感無比的舞曲。

舞池裡的男女順著音樂與燈光的引導，開始跳起貼身的舞步。這樣的舞蹈或許比不上芭蕾或爵士舞，但在尚恩眼中，這些充滿了性與情欲的舞蹈，背後所蘊含的情感能量絕不輸給那些有錢人的藝術。

語言與音樂都是說故事的一種方式，而尚恩喜歡當說故事的那個人。

夜店在半夜兩點結束營業。等到最後一名顧客離開舞廳，保鑣將門鎖上，室內的燈也打開了。服務生開始清潔地上打翻的飲料、食物，還有廁所裡的穢物——雖然尚恩很少親眼見識，但在夜店廁所裡吐到暈過去的人數意外的多。

尚恩將遮住口鼻的布巾拉下來掛在脖子上，然後來到吧檯前。

調酒師喬治將一杯粉紅佳人推到他面前。尚恩歪著嘴一笑，端起倒三角形的酒杯，對喬治舉起手。「我敬你。」

「偉大的葛林先生今天心情這麼好啊？」喬治對他挑起眉。「我做了好事值得你為我舉杯？」

「什麼也沒做。」尚恩同意道，一邊喝了一口顏色豔麗的調酒。紅石榴的甜味在他口中迴盪，琴酒則讓他的食道與胃部產生一股溫暖的感覺。尚恩脫口而出：「我認識了一個人。」

「這樣算什麼新聞？」喬治笑了起來。「你在交友軟體上認識的人超過一百個了沒？我都懷疑這些人有沒有互相認識了，他們搞不好還交換過心得……」

「你要是再這麼噁心我就辭職，你這輩子就再也見不到我了。」尚恩一本正經地回答。

「沒關係。」喬治對他擠眉弄眼了一番。「我願意為了你踏進那間小小的書店……你說它叫什麼來著？」

「『布克先生』，謝謝你的關心。」

尚恩嘆了口氣，又喝了一口酒。喬治開始清潔調酒用的小玻璃杯和湯匙，一邊斜著眼打量著他。

「所以，回到你剛才的話題上。」他說，眼神中閃爍著好奇的光芒。「你認識了一個人，他是怎樣的人？」

「我只能說，他看起來就是和我不同世界的人。」尚恩趴在桌面上，手指在凝結著水霧的玻璃杯外胡亂描繪著圖形。「他會上健身房——他的身材看起來真的在健身房裡花了不少錢，吃飯配白開水，而且還是個小學老師。」

尚恩回想著伊曼黝黑的肌膚，以及那雙淺綠色的眼睛。

「噢，健康生活主義者，又充滿愛心和耐心。」喬治嚴肅地點了點頭。「確實跟你是完全相反的人。」

尚恩拔下香檳杯上的檸檬片，往喬治身上丟去。「閉嘴，混蛋。重點是——我滿喜歡他的。我只是有點懷疑該不該繼續深入下去。」

「你是說深入哪裡？」喬治。

尚恩挫敗地低吼一聲。「你知道我的意思，你這個滿腦子骯髒思想的笨蛋。你知道，如果他是一個工作單純、興趣也單純的人，我會很懷疑他能不能接受我是……」

他對自己和夜店內部比畫了一圈。「這樣。」

「哪樣？夜店DJ？還是有個超級帥哥摯友兼調酒師的男人？」喬治揚了揚下巴，對尚恩眨了眨眼。

尚恩嘆了一口氣。「我不知道。你這麼說起來好像沒什麼大不了的，只是，夜店DJ的生活圈畢竟有點複雜。菸啊、酒啊、女人——或是男人，不了解的人可能還會懷疑有毒品扯進來。」

這不是他每一次談戀愛失敗的原因，但是絕對是每一次戀愛時讓他與另一人的關係出現疑慮的理由之一。

這件事情的運作方式，對他來說一直有點奇怪。首先是他和生活圈相對單純的人約會，然後對方發現他的工作環境複雜，而他便成為了關係中比較令人擔心的那一位——儘管他對自己的可靠程度非常有自信。

但是時間一長他就發現，幾乎沒有一個生活單純的人能夠接受他在夜店裡工作的事實。

他考慮過放棄，真的。但是如果他得為了一個人放棄自己的身分和嗜好，才有資格得到對方的愛，那這樣的愛他真的還想要嗎？

於是他決定繼續做自己，只是開始改變交友的標準。

然後事情就開始走下坡了，就像是無法避免的山崩那樣。現在想起這件事，尚恩都還是會忍不住暗笑自己的愚蠢。

但這就是他堅持要當一個浪漫主義者，又不願意改變自己，所需要付上的代價吧。

「好吧，我不確定你究竟想要怎麼樣。」喬治放下手上的玻璃杯和抹布，雙手撐著吧檯，直盯著尚恩。「我只知道一件事，如果你繼續找花花公子那種類型的對象，那你永遠也不可能找到你內心深處想要追求的那種真愛的。」他伸出一隻手指，戳了戳尚恩的胸口。「我知道你心裡住了一個需要被人解救的小公主——或者是小王子。」

尚恩翻了個白眼，揮開他的手。但他不得不承認，喬治雖然幾乎沒有正經的時刻，但他看這些事情倒是看得相當透徹。

「我想我還有能力自己照顧自己。」尚恩咧嘴一笑。「但是你說得對。謝了，兄弟。」

「小事一樁。」喬治回答。「現在，喝完你的酒，然後滾出夜店。這樣我才能做完清潔工作，然後下班回家。」

Chapter02

尚恩站在校門旁，等著放學鐘聲響。

第一次見完面後的那天半夜，尚恩從夜店回到了家，沖了個澡，然後就傳了訊息給伊曼。**「希望你還沒忘記我是誰;)」**隔天早上，尚恩按掉鬧鐘，睡眼惺忪地瞥了一眼螢幕，就看見伊曼的回覆出現在通知欄裡。

「我保證不會再遲到了。」伊曼的訊息這麼寫道：**「所以，你想要再約一次嗎？」**

尚恩嘴角上揚的弧度，連他自己都感到難為情。

於是尚恩答應他，確認好下星期的休假後，他們就再碰一次面。這次他們依然約在學校附近的小餐館，或許是因為這裡是伊曼熟悉的環境，他的姿態和第一次比起來，明顯地放鬆了許多。而且這次他沒有遲到了。

雖然午餐時間不長，但尚恩其實滿喜歡這樣的見面方式，他們不必長時間待在一起，最終還得面對無法避免的尷尬沉默。之前和其他人約會時，有時候對方會提議那種一整天的行程，但或許是因為個性和嗜好都不算特別契合，最後尚恩都會陷入無話可說，卻又不得不找話填補空白的困境。

他不覺得自己和伊曼會有這種問題。畢竟他們對於音樂的品味意外地接近，就算對電影的喜好不同，兩人看電影的觀點也能產生許多有趣的討論——但他還不打算這麼快就挑戰兩人的極限。

短短一小時的午休時間幾乎一轉眼就過完了。在他們走回學校的途中，伊曼有些懊惱地嘆了口氣。

「雖然這樣說不太好，但我現在有點想要翹班了。」他瞥了尚恩一眼，微微一笑。「我從來沒有覺得午休時間短得這麼令人生氣。」

「你不孤單。」尚恩同意道。

快要抵達校門口時，伊曼停下腳步，猶豫了一會，然後像是下定決心似地看向尚恩。那雙淺綠色的眼睛閃爍著寶石般的光芒。「你下星期休假的時候，我們約放學時間如何？」他抓了抓後腦勺，急忙補充道：「我的意思是，如果你還想要見面的話。」

伊曼甚至都還沒有提議兩人的行程，尚恩就已經知道自己的答案了。「當然，我很樂意。」

「噢，好。太好了——呃，那你再跟我說休假的日子。」

伊曼似乎對他這麼快速的回答感到手足無措，四下張望了一下，垂下視線，像是在等待什麼。

「你再不進學校，下午的課就要開始了。」尚恩提醒道。

「呃，對……」伊曼避開他的視線，挫折地咋了一下舌。「嗯，如果你不介意的話，我想要給你一個擁抱，還有吻一下你的臉頰。」

尚恩不太確定自己是不是聽錯了。「啊？」

「不，你說得對。我知道這樣有點太快了。」伊曼向後退開一步，舉起雙手。「抱歉，我其實不太確定這種事到底該怎麼進行——」

但他話還沒說完，尚恩就爆出一串笑聲。然後他便往前踏出一步，縮短他們兩人間的距離。他張開雙臂，環住伊曼的腰，嘴唇輕輕擦過伊曼的臉頰。

「我不覺得這樣的進展太快。」尚恩直視著伊曼的雙眼，並看著他的臉頰泛起一片可愛的紅暈。他的手依然搭著伊曼的腰。「我只是第一次聽到有人會先問。」

「我只是試著要給約會對象一點尊重。」伊曼歪著嘴一笑。「我不想讓你覺得我是約會兩次之後，就想要把對方騙上床的渣男。」

尚恩挑起眉。「你是嗎？」

「這個可能就要讓你自己發掘了。」伊曼回答。「但幸好我們來日方長，對吧？」

「我拭目以待。」

尚恩放開了他，伊曼便向後退開一步，兩人之間再度恢復一個手臂的友善距離。

「你真的該回去上課了。」尚恩說。

「對，我猜是吧。」伊曼帶著遺憾的微笑，開始緩緩往校門的方向前進。

尚恩目送著他走到校門口，最後一次和他揮手告別，然後才離開。這週的休假都還沒有過完，他就已經開始期待下週的休假了。

隔天上班時，他第一時間和店長確認好下週的班表，接著就傳訊息給了伊曼。是的，他當然知道這麼積極是自貶身價，但他有點無法控制自己。

這也是他在感情路上跌跌撞撞的原因之一，他學會了很多教訓，但每次只要對什麼人產生好感，那些教訓就會立刻棄他而去。每當他陷入某一段感情時，他的大腦就像是被一團粉紅色的迷霧所包圍，而他的思考邏輯——嗯，它們可以等到他清醒過來時再說。

而那通常都是在他的心碎成一片片，他只能想辦法自己收拾殘局的時候。

尚恩幾乎是立刻就答應了伊曼的邀約，他們可以去伊曼家看一場電影，然後一起吃個晚餐。根據伊曼的說法，他晚餐過後還有事，所以他們的約會時間也不會太長。

尚恩不知道這樣是好是壞——理性上，他知道這樣意味著自己不用為晚上要去夜店工作的事找藉口抽身，但另一部分的他又忍不住想，伊曼沒有把晚上的時間空下來給他，是不是一件值得擔心的事。

這只是他們第三次見面，尚恩不覺得他有權利過問伊曼晚上的行程。而且，如果伊曼的確將晚上的時間空出來了，尚恩又要怎麼退場才好？

不知道為什麼，今天尚恩出門時，臨時決定放棄他的隱形眼鏡。他再度用手機相機檢查了自己的面孔。戴著眼鏡的他看起來更像個學生，而且是那種認真的好學生。他忍不住暗自笑了起來。

「——嘿。」

伊曼的聲音從他耳邊傳來，將尚恩從沉思中喚回了現實。尚恩對上那雙友善的眼睛，腦中有些打結的思緒便不知怎麼地煙消雲散了。他忍不住暗自打了個寒顫。天啊，尚恩，你還可以再更無藥可救一點嗎？

「嗨。」尚恩微笑。「第三次見面的約會對象。」

伊曼看著他的臉，眨了眨眼睛。「你戴了眼鏡。」

「對。」尚恩推了一下鏡框。「看起來是不是像個書呆子？」

「不。」伊曼有點太快地回答，他的臉頰顏色變得更深了一點。「我是說……這很適合你。」

「是嗎？」

尚恩歪嘴一笑。如果他知道尚恩晚上會在夜店當DJ，或許他就不會這麼說了。

「抱歉讓你久等。」伊曼說。「我的車停在後面的停車場。你，嗯，要一起來嗎？」

「不然，我也可以叫 Uber 去你家，在那裡跟你會合？」尚恩取笑道。

「不，我不是那個意思——」

不知為何，伊曼對他說話似乎有點太小心翼翼，以至於他的某些發言聽起來都很不對勁，像是涉世未深的小男孩。尚恩覺得，口頭上作弄伊曼，未來會成為他個人的小樂趣。

伊曼的車停在學校專屬的小停車場裡。那是一輛有些破舊的豐田，尚恩注意到車內褪色的座椅上散落著夾克、背包和幾個飲料罐。

生活的痕跡是個好跡象，他在內心想道。他曾經遇過車內收拾得乾乾淨淨，甚至連一張收據或零錢都沒有的人，後來他才知道，對方是個三十歲還住在家裡，開媽媽的車出來和他約會的媽寶。

「呃，你等我一下。」伊曼把放在副駕駛座上的空飲料罐扔到後座。他有點難為情地抓了抓頭髮。「你知道，隨手把東西放在副駕上已經是個習慣了。你會忘記這些東西的存在，視而不見——直到你終於要載人的時候。」

「你的意思是，你已經很久沒有讓別人坐你的車了嗎？」尚恩好心地補充道。

「謝謝你，你的好意我收到了。」

伊曼淺褐色的臉頰再度浮起一抹紅暈。

伊曼的公寓距離學校大約十五分鐘的車程，是一個平凡的公寓社區。尚恩默默在腦中記下了路徑，如果對方其實是個演技很好的斧頭殺人狂，他還有一點點逃跑的機會。

在伊曼的指引下，兩人從社區中央的停車場往其中一棟建築走去。他們在三樓的十五號房門前停了下來。

開門前，伊曼垂下視線，看著自己的鞋尖。「嗯，我家就只是一間普通的公寓，沒有太多豪華的擺設。」然後他扯著嘴角，露出一抹自嘲的微笑。「但我保證裡面沒有老鼠，也不臭。」

「沒關係的。」尚恩向他保證道。「我又不是要搬進來。」

這句話本來應該是要用幽默感化解掉伊曼的不安，但反而使尚恩聽起來變得有點可悲了。

幸好伊曼只是爽朗地笑了一聲，然後將鑰匙插進鎖孔裡，打開了公寓的門。

「歡迎光臨寒舍。」

他向一旁站開，伸出一隻手臂，紳士地微微傾身。

伊曼的家和尚恩的公寓完全不一樣。尚恩不確定自己抵達之前對這裡抱持什麼幻想，或許沒有任何想法——但這裡無論如何都超過了他的想像範圍。客廳漆成了帶灰調的深藍色，靠近走廊的牆上釘著一個沒有開燈的霓虹標誌（上面寫著「歡樂時光」），開放式的廚房吧檯則佈置成了酒吧的模樣，上方吊掛著晶瑩剔透的玻璃杯，桌邊擺著兩張高腳吧檯椅。而在掛著霓虹標誌的那一面牆前，一張低背的皮革沙發貼著牆擺放，另一側還有一張高背的單人扶手椅。木頭與鐵件構成的茶几與廚房的風格相互輝映，桌邊的地毯上擺了幾個看起來十分柔軟的坐墊。除了霓虹招牌之外，牆上還有其他裱框起來的舊電影及漫畫海報。

尚恩瞠目結舌地張望著四周。這裡不像是伊曼口中的「普通公寓」，而是一間獨立經營的小酒吧。

「你說這叫做『沒有豪華的擺設』？」尚恩轉頭對伊曼聳起眉毛。「那以你的標準，我家可能是跟拖車差不多等級了。」

「我怕你抱持太高的期待，實際見到的時候會很失望。」伊曼坦白道，一邊打開吧檯上的燈，然後轉身關上了門。

「你成功了。」尚恩搖搖頭，不可置信地彈了彈舌頭。「哇喔，我喜歡。」

這是真的。他一進門就喜歡這裡了——尤其是在他注意到走廊的牆時。室內有了燈光後，他才發現走廊的牆面其實被一整排的書櫃給遮住了。三個大書櫃上堆滿了七橫八豎的書，沒有一本是整齊排放的，卻有一種更吸引人的氛圍，好像它們的主人真的好好品味過每一本書，而且每次都迫不及待地想要再接著讀下一本。

尚恩轉向伊曼。「好吧，我有幾個問題。」

「我洗耳恭聽。」

「你在這裡住幾年了？」尚恩說。「你有幾本書？還有，你的家具到底花了多少錢？」

伊曼大笑了起來。

「好吧，第一個問題。我在這裡住了快五年了，所以這間公寓是一點一點被我打造成這樣的。」他用同樣認真的表情回答。「第二，我也不知道。這些書都是我從學校圖書館的二手拍賣，或是附近的二手書店搜集來的。小學老師的薪水其實真的稱不上優渥，我沒辦法負擔起太多本二十五美金的新書。第三……」

他指向牆邊的皮革沙發。「這傢伙是我的一個朋友要搬家時送給我的，免費。原本這裡擺的是一張慈善商店搬回來的沙發床——相信我，那個東西會被丟去慈善商店是有原因的。茶几是我從別人的車庫拍賣買回來的，五十美金。」然後他轉向高背扶手椅。「這張是我從家裡帶來的椅子，無價。」

尚恩直瞪著他。

「好吧，謝謝你的誠實。」他突然不知道自己坦白後，會不會顯得太白目。「但我其實不是真的在問問題。」

伊曼有些難為情地抓了抓頭髮，然後對沙發打了個手勢。「總而言之——你先坐。我們總不會要一路站著聊天吧？」他像是要逃離現場般往廚房走去。「你想喝什麼？」

尚恩順從地在沙發上坐下。皮面閃閃發亮，但坐感意外地柔軟。「你有什麼？」

「瓶裝水、瓶裝水，還有瓶裝水。」伊曼回答。

尚恩愣了愣，還沒有想到要怎麼回應，伊曼就大笑出聲。「哈，這次換我耍到你了吧。我開玩笑的，我有百分之百純蘋果汁、牛奶、啤酒、茶，或是黑咖啡。」

「你知道，如果要耍人，你要先等我回答才算數。」尚恩挖苦道。

「好吧，很公平。」

尚恩考慮了一下。「那我就喝啤酒吧。」

「我想也是。」

伊曼從冰箱中拿了兩瓶比利時啤酒回到客廳，他在尚恩身邊坐下，然後拿起一旁的遙控器。尚恩這時才發現，他的客廳沒有電視，只有一面空白的牆。接著一陣細碎的機械運作聲便響了起來。牆壁跳出了一個科技品牌的商標，尚恩才意識到，原來伊曼是用筆記型電腦接了投影機。

客廳的角落還擺了一台落地式音響。尚恩一看就知道，這台音響充其量只是個廉價的揚聲器，雖然看起來煞有其事，但效果就和一百美金的藍牙音響差不多——不過居家環境裡，這樣的設備就已經足夠了。

伊曼打開 Netflix 的選單，把電腦推到尚恩面前。「你想看什麼？」

尚恩的視線掃過各大分類，最後落在「我的片單」上。「我們不如來看看你有什麼私藏？」

在昏暗的燈光下，尚恩不太能看得出來，但他相信，伊曼的臉一定又紅了。

「我不覺得這是個好主意。」伊曼回答。「你確定我們這麼快就要開始偷窺彼此的癖好了嗎？」

「沒有彼此。」尚恩指出。「只有你。」

伊曼嘆了口氣。「隨你吧。」

伊曼的清單裡存了一系列丹佐．華盛頓的電影，還有布魯斯．威利的經典老片《靈異第六感》。

「《愛是您．愛是我》？」尚恩勾了勾嘴角。「真沒想到，你原來也會看愛情片？」

「不然呢？我總不可能都只是看《特種部隊》或漫威的超級英雄電影吧。」伊曼故作受傷地抗議道。「我還是覺得自己算是個浪漫主義者……之類的。」

「我們以後就知道了。」

要說浪漫，尚恩還沒有認識比他更浪漫主義的人。他倒是很好奇自詡為浪漫主義者的伊曼，對於他的價值觀會有什麼評價。

於是，彷彿是某種不可言喻的守則，他們就決定看《愛是您．愛是我》了。

和伊曼一起看電影很有趣。尚恩發現，他們對於演員都有不少認識，多少都能舉出每個演員們的幾部代表作，也能討論他們的戲路和花邊新聞。電影播到一半時，他們更像是把電影當成聊天的背景音樂。他們喝著啤酒，從連恩．尼遜劇中的角色和他在現實生活中去世的妻子，講到綺拉・奈特莉演的《神鬼奇航》，又講到強尼・戴普近年來剪不斷理還亂的官司。

最後不知道為什麼，他們的話題來到了《美國隊長三：英雄內戰》。

「等等，所以，這是一個非常嚴肅的問題。」尚恩說。或許是因為啤酒的關係，他覺得自己在沙發上窩得十分舒適，他深陷在柔軟的坐墊中，感覺像是被一隻溫暖的手臂所圍繞。他把頭靠在椅背上，雙腿盤起，一手指向伊曼。「我不會先告訴你我的答案，但我想知道——你站在誰那一邊，鋼鐵人還是美國隊長？」

「哇喔，這麼有深度的問題啊。」

或許也是因為啤酒的關係，伊曼的聲音變得有點低啞。他的手肘靠在椅背上，一手托著臉頰，垂下視線，盯著沙發的車縫線。他的眼睫毛好長，尚恩幾乎無法控制自己盯著他的眼睛看。

「我得說鋼鐵人。」最後，伊曼抬起眼。「我知道很多人都覺得他是個自私的混蛋，我也知道，但是——」

尚恩只是瞪視著他。

後面伊曼還說了許多關於《內戰》一片的看法，但尚恩得承認，他幾乎什麼都沒聽進去。

趁伊曼停下來呼吸的空檔，尚恩向前傾身。伊曼愣愣地看著他，好像還沒有意識到發生了什麼事。尚恩露出了微笑。

只因為伊曼基於和他同樣的理由選擇了鋼鐵人，尚恩就決定就是他了。對他來說，這個選擇包含了看待世界與自己的價值觀，包含了他們兩者權衡之下更重視的事物。

他就是這樣的一個浪漫主義者。

「抱歉，我沒有要徵詢你的同意。」他輕聲說，然後便將嘴唇貼上了伊曼的嘴。

Chapter03

伊曼絕不會承認，他有點被這個吻嚇到了。

他不是沒有接過吻的處男，不，差得遠了——只是他原本沒有打算這麼快就進展到這一步，事實上，他甚至不確定，這是正確的形容詞嗎？

他發誓，一開始邀請尚恩到他家，他絕對沒有在打這個主意——但是他在騙誰？他們兩個都是血氣方剛的年輕男子，而且顯然都從對方身上感受到非常強烈的吸引力。他們兩人共處一室，要不走到這一步，簡直就是痴人說夢。

尚恩的嘴唇熟練地含住他的下唇，輕輕吸吮，就像是在對他遞出邀請。當伊曼小心地將手搭上他的後腦勺時，尚恩的嘴角勾起了一抹淺淺的微笑。他的頭向後退開了一點，正好留出足夠讓他說話的空間。

「我嚇到你了嗎？」尚恩輕聲說。

伊曼用意志力阻止自己的呼吸顫抖。「怎麼可能？」他微笑。「我只是不確定……你知道，你也許……」

「不確定什麼？」尚恩問。他再度湊上前來，嘴唇抵住伊曼的下巴。一股酥麻的感覺從他的雙唇移動的地方開始擴散。「你怕我不想和你做愛嗎？」

喔，天啊。這實在太蠢了。他怎麼會在聽見那兩個字的時候，突然覺得全身的血液都沸騰起來了呢？

他的手撫上尚恩的下顎。尚恩的臉頰肌膚光滑，沒有一點鬍渣粗糙的痕跡。他的大拇指忍不住輕輕撫過他下巴的線條，將尚恩的臉抬了起來。

就算隔著鏡片，伊曼也可以清晰地看見尚恩的藍色眼睛。他的眼皮半闔，雙眼微微彎起，就像是在微笑。

伊曼發出一聲低吼。「你確定？」他半開玩笑地說。「我可不希望你事後向我抗議約會強暴——」

尚恩的一隻手抓住伊曼的衣領。「你快要把氣氛都破壞完了。」他壓低聲音。「我也快要失去耐性了。」

於是伊曼把剩下來的話都包含在他的舌尖，直接送入尚恩嘴裡。他聽見尚恩的嘴角發出一聲愉悅的嘆息。

伊曼向前傾身，尚恩便像是收到他的暗示般，順從地向後靠去，直到他倒在沙發椅背與扶手的夾角中。

尚恩熟悉一切的小動作，或許有點太熟悉了——當伊曼緩緩將身體下沉時，尚恩的雙腿便毫不抵抗地往兩旁張開，讓他能完美地將自己的身體與尚恩貼合在一起。

在一個又一個溼潤而綿長的吻中，伊曼可以感覺到他的胯間騷動起來。炙熱的感受使他的額角浮起一層薄薄的汗水，而當他逐漸腫脹的器官抵住尚恩的身體時，他忍不住從鼻腔發出一聲低哼。

他輕咬著尚恩的下唇。尚恩輕柔的嘆息聲使另一波血液往他的下腹湧去，他抬起腿想要調整自己在沙發上的位置，但他的腳踝卻撞到茶几的桌腳。

伊曼低聲咒罵一聲。

尚恩的手輕柔地搭上他的後頸。

「也許我們應該找個更寬敞的地方。」尚恩建議道。他的面孔漲得通紅，呼吸粗重不已。「你的臥室感覺是個好地點？」

伊曼很想拒絕，他不想要中斷他們現在做的事，但是他得承認尚恩說得對。

「對，好。」他有點含糊地說，一邊從尚恩身上退開。「我們可以去床上。」

他的褲襠緊繃得使他連站起身都感到難為情，但是當他垂下眼，看見尚恩的上衣凌亂不堪，而他的褲子也同樣以令人害羞的姿態隆起時，一股強烈的欲望便沖刷過他的全身。

靠。他已經不是青少年了。這種事不應該讓他感到這麼興奮才對。

伊曼將尚恩從沙發上拉起，再度把他圈進懷裡，給了他一個溼潤而粗魯的吻。

他們兩人拉扯著對方的衣服，跌跌撞撞地往走廊前進。儘管他的欲望威脅著要掌控全局，伊曼至少還保留了一點理智，還能避免兩人撞上貼著牆放置的書櫃。

伊曼打開房間的燈，當兩人跌上雙人床時，他們已經褪去了彼此的上衣。尚恩的手正在伊曼的褲頭摸索著。

伊曼伸出手，將尚恩的眼鏡輕輕摘下放在床頭櫃上。他的視線就著燈光，沿著尚恩柔軟的金髮一路向下游走，來到他纖細優雅的脖頸。

「你好美。」伊曼輕聲說。他俯下身，輕吻著尚恩的嘴角、下顎，然後是頸窩。「我猜你應該很常聽到別人這麼說。」

尚恩的手指穿過他的髮絲之間。「對。」他感覺得到對方輕微的顫抖。「但是沒有人不喜歡聽，對吧？」

伊曼笑了起來。

伊曼的嘴唇沿著他潔白的肌膚移動，吻過他的鎖骨、他的胸口，然後來到他胸前的突起。他試探性地用嘴唇擦過，而尚恩的身體就像是突然有電流通過般，從床上拱起。

伊曼抬起視線，發現尚恩正低著頭，用半闔的雙眼看著他。

伊曼探出舌尖，輕輕繞著他的乳頭打轉，沒有中斷他們的眼神接觸。尚恩的雙唇張開，發出一聲喘息。伊曼繼續他的動作，一隻手撫上他的胸前，將另一邊的乳頭夾在他的兩指之間。

尚恩的身體彷彿失去控制般扭動起來。

「我……喜歡。」尚恩在喘息之間，沙啞地說。「我想要更多……」

伊曼含住他早已勃起的乳尖，再度吸吮，尚恩的背部弓起，呻吟聲變得高亢。他的身體向上挺起，當他鼓脹的器官碰觸到伊曼的大腿時，他便像是無比渴望般摩擦起來。

他的表情被欲欲望渲染，臉頰泛著紅暈。不知為何，看著他無助地癱軟在他的被單和枕頭之間，使伊曼的身體幾乎要失去控制。他的下體腫脹得令他難受。他好想要直接脫去擋在他和尚恩之間的每一件布料，想要感受他炙熱的身體包覆著他，想要——

他嚥下一口口水。

「等不及了嗎？」伊曼低聲笑道。他的舌尖撥弄著飽滿而緊縮的乳頭，尚恩發出抗議的低吟。

伊曼的手指來到尚恩的褲頭，靈巧地解開他的釦子。

尚恩扭動著腰，迫不及待地將牛仔褲褪到大腿的一半。少了粗硬的布料束縛，尚恩的器官終於有了舒展的空間。伊曼的嘴從他的胸口移開。

尚恩顫抖地吐出一口氣。

在他的目光下，伊曼的手指緩緩撫過他平坦的腹部，沿著他微微起伏的肌肉線條，來到他被陰莖撐起的內褲褲緣。

隔著內褲輕薄的布料，伊曼的手掌摩挲著尚恩的器官，並滿意地看見尚恩在他手下扭動、因欲望而失神的模樣。伊曼繼續挑逗著他，直到尚恩渾身顫抖，有點惱怒地抓住他的手腕。

伊曼勾起嘴角。「你不喜歡嗎？」

「快點。」尚恩低啞的嗓音說道。他的視線有些迷茫。「快插進來就是了。」

這句話就像是某種火焰，點燃了伊曼腦中的一條引線。

他褪下尚恩的內褲，早已挺立的陰莖隨之暴露在空氣中。他打開床邊桌的抽屜，拿出裡頭的潤滑液。

當他把一隻溼滑的手指，試探性地探進尚恩的穴口時，尚恩的腰部便向上挺起。「啊。」他低喊一聲，但他的表情告訴伊曼，那是愉悅的喊叫。

伊曼的手指在他的體內輕輕抽送、擴張，直到他一開始緊繃的穴口逐漸放鬆下來。然後他又加入了第二隻手指。當他的手指碰觸到尚恩體內的某一處，尚恩的腰便像是開啟了某個開關般擺動起來。

「噢，伊曼……」尚恩的聲音聽起來混濁而嘶啞。「我想要更多，拜託，給我更多……」

他的陰莖隨著他身體的動作搖擺著，紅潤而光滑的頂端，此刻已經分泌出晶瑩的液體。他的頭髮凌亂地落在他的額頭和被單上，雙眼迷茫，彷彿泛著一層水霧。

他在要求伊曼進入他——不，那已經算是懇求了。

伊曼再也沒有辦法抵抗這股誘惑。

他抽出手指，褪下自己的長褲和四角褲。他的器官粗硬而挺立，而當尚恩的視線落在他的下腹時，尚恩的嘴角勾起了一抹微笑。

「對。」他輕聲說。「我是等不及了。」然後他弓起膝蓋，將自己的雙腿張得更開。

伊曼只感覺一股熱血在他的體內湧流。

他抬起尚恩的一條腿，靠在肩上，然後將戴上保險套的陰莖對上尚恩柔嫩的後穴。他一手握著自己的陰莖試探地在穴口繞著圈，並成功換得尚恩的低吟。

伊曼咬了咬牙，將自己的陰莖頂端推入了尚恩的體內。

尚恩閉上眼，頭向後仰去。「噢。」他的手抓住被單。「噢，天啊……」

炙熱而緊緻的包覆感，使伊曼深吸一口氣。

「可以嗎？」他輕輕擺動了一下腰肢，在裡頭淺淺地進出。

尚恩睜開眼皮，對上他的視線。他的嘴唇微啟，舌尖探了出來，舔溼乾燥的嘴唇。他喘著氣，對伊曼點點頭。

於是伊曼不再克制自己。

他的雙手抓住尚恩的髖部，一口氣將自己的陰莖挺進到最深處。

「啊！」尚恩的身體向上弓起，把臀部推向伊曼的方向。

伊曼咬著牙，感受著器官被肉壁包裹的快感。他的身體彷彿有了自己的意志——當他再度擺動起臀部時，他就無法停止了。

尚恩的喘息與呻吟聲令他的大腦陷入一片欲望的迷霧中。兩人很快就找到了屬於他們的節奏。尚恩的身體主動迎向他，隨著他抽插的節奏擺動，溼潤的聲響與肉體撞擊的聲音，使尚恩體內的欲望高漲。

「噢，伊曼……」尚恩在呻吟之間喃喃說道。「好棒，想要更多，還要更多——」

「當然。」伊曼的嗓音沙啞而低沉，幾乎連他自己都不認得。

尚恩想要更多，而他無比樂意給他更多。

隨著他的動作變得越來越快、越來越用力，他們兩人所找到的節奏感便破碎了。伊曼再也無法保持穩定的速度和抽插的頻率，只能任由本能帶領，想要從尚恩身上得到更多的快感。

尚恩的叫聲變得高亢而斷續，他的手來到兩人之間，握住自己的陰莖。伊曼緊盯著他的動作，像是受到某種魔咒控制般，無法轉開視線。

尚恩修長的手指套弄著自己的器官，好像忘記了自己是誰，頭部向後仰去，呻吟不斷從他的雙唇中逸出。

「伊曼——」他的眼神落在伊曼的臉上，目光渙散，聲音含糊。「我想要——想要射……」

「好。」伊曼粗聲說道。「都給我吧。」

他再度用力挺進尚恩的體內深處，撞擊著尚恩的前列腺。尚恩歡愉的叫聲就像是某種催化劑，使伊曼幾乎陷入瘋狂。

隨著他手指套弄的速度加快，尚恩閉上了眼睛。然後他的身體向上挺起，白濁的液體噴濺而出，灑落在他的下腹。伊曼抓緊他的髖部，快速而猛力地擺動起腰，感覺到快感迅速堆積。不行了，他就要到臨界點——

他咬著牙，低哼一聲，感覺到自己的器官一震。有一瞬間，他幾乎不記得自己身在何處。

當他回過神來時，他發現自己正俯身趴在尚恩身上，兩人的下腹部一片溼黏。尚恩的呼吸輕搔著他的耳廓，讓他的心頭一陣騷動。

尚恩輕笑了起來。

「如果你不介意的話。」尚恩的聲音就像是羽毛一般輕巧。「我想要先去清理一下。」

「噢。」不知為何，伊曼突然感到難為情。他從尚恩身上滾了下來，翻身坐起。

「當然，浴室都給你用吧。」

「謝謝。」

伊曼看著尚恩的身影往房間一角的浴室前進，他潔白而精瘦的身形就像是有磁力一般，吸引著伊曼的目光。直到尚恩將浴室門掩上，伊曼聽見水流聲響起後，他才低頭看了看自己的肚子。他將保險套扔進床邊的垃圾桶裡，然後抽出幾張衛生紙，將身上和自己的器官擦拭乾淨。

天啊。剛才那是怎樣？

伊曼倒回床上，瞪視著天花板。

面對尚恩，不知怎麼回事，他覺得他好像又變回了那個才十幾歲的青少年。他可不是年紀輕輕的處男，成天在幻想著和有體溫的人類做愛是怎麼回事。

他已經快要三十歲了，要命。他到底是怎麼回事？

嗯，他捫心自問，其實他大概也知道答案。

剛才在沙發上，他和尚恩對話的氛圍太過美好了。就好像尚恩看見了他真正的模樣，沒有因為他所做的事而產生先入為主的看法。在尚恩面前，他能夠坦誠地分享他喜歡的事物、他內心的感受……

至少是他白天的這一部分。

伊曼重重吐出一口氣。這樣可不妙啊。

「你睡覺喜歡睜著眼睛嗎？」尚恩的聲音打斷了他的思緒。他撐起身子，看見尚恩正站在床邊。他撈起自己的內褲，一邊說道：「提醒我半夜起床的時候不要看你，以免被你嚇掉半條命。」

他話中的暗示使伊曼忍不住露出微笑。嗯，如果尚恩知道他賴以為生的另一份工作是什麼，或許尚恩就不會想要和他同床共枕了。

「我快速沖個澡。」伊曼告訴他。「你就當成自己家吧，別把我公寓的鑰匙偷走就好。」

尚恩對他露出甜美的微笑。「你可不要太信任我喔。」

伊曼笑了起來。他喜歡尚恩的幽默感。事實上，他喜歡尚恩的地方好像有點太多了——作為第三次約會，他不確定這樣的進展究竟正不正確。

他踏進淋浴間裡，扭開水龍頭，任冰涼的水珠從花灑直直擊中他的肩頸。冷水能讓他的大腦冷卻下來，讓他用更理性的方式看待這段關係，還有這個人。

水溫在伊曼的身體冷到開始發抖前逐漸轉熱。他吐出一口長氣，將覆蓋在兩頰的頭髮推到腦後。

等到伊曼從浴室裡走出來時，尚恩已經不在房間裡了，原本散落在地上的衣物也已經消失。難道他真的偷走他的公寓鑰匙了嗎？

伊曼套上一件白色T恤和牛仔褲，用一條毛巾蓋住頭髮，然後刻意強迫自己放慢腳步，往客廳走去。

他一眼就看見尚恩斜躺在沙發上，後腦勺朝著走廊的方向，正在看著一本書。

「真的當成自己家了？」他挖苦道。

尚恩轉過頭，對他舉起手中的書本。

「《瓦特希普高原》。」他似笑非笑地勾著嘴角。「小時候的心靈創傷耶。」

「一點也沒錯。」伊曼朝他走去。「那個動畫應該只能出現在付費頻道上。我一直都不懂，它為什麼會被當成兒童節目來播。」

他在沙發的一角坐下，尚恩便像是早已培養出默契般收起腳，為他挪出空位。

「有很長一段時間，我都懷疑那是不是我的大腦幻想出來的都市傳說。」尚恩說。「直到我後來進了書店上班，在童書區看見它，我才知道，原來我的童年惡夢是真的。」

不，伊曼，你得停止。伊曼對自己斥責道。別再把對方想像成自己的命中註定了。

他把書放到茶几上，撐著身子坐起來。伊曼打量著他的臉。

戴上眼鏡的尚恩，和剛才在床上主動求歡的男人幾乎不像是同一個人。他和伊曼談論書籍的樣子無比自然，好像他們什麼都沒有發生過似的。

不得不說，他對這個名叫尚恩．葛林的男人越來越感到好奇了。

尚恩的一縷瀏海落在鏡框上，伊曼很想伸手替他撥開，但是他不確定自己這樣的動作會不會太越線。他舉起手，最後只是落在尚恩曲起的膝蓋上。

「嗯，我想，如果我想知道某些事情，就該先分享我自己的部分。」伊曼微微一笑。

尚恩用手肘靠著膝蓋，撐著下巴，雙眼直直看著伊曼。「像是什麼？」

「像是……」伊曼頓了頓。天啊，他之前都是怎麼做的？他已經太久沒有這樣和人約會，久到他都忘記該怎麼和對方分享自己的感情經歷了。「我在認識你之前，交過兩個男友。」

尚恩沉默地看了他一會，然後輕笑起來。「噢，現在是我們該聊聊感情史的時候了。對。」尚恩舉起手指，裝腔作勢地數了幾下，然後搖搖頭。「我大多時候都只是約會而已，真正確認關係的男友只有兩個。其他時候，我和那些人都還進展不到正式交往，就會結束了。」

聽見他這麼說，再想到尚恩在床上的表現，伊曼突然覺得一點也不驚訝。尚恩看起來確實是個約會經驗豐富的男人，這沒有什麼好批判的。真要說的話，伊曼更擔心尚恩會取笑他的生疏。

「怎麼？」伊曼故作挖苦地說。「你有承諾恐懼症嗎？」

「比較像是我專挑那些有承諾恐懼症的對象約會。」尚恩說。「你知道，這樣當他們拒絕我的時候，我還可以告訴我自己，那不是我的問題。」

「你？你會有什麼問題？」伊曼咧開嘴。「你可是會在書店說故事的店員耶。」

「嗯，如果我們運氣夠好的話。」尚恩說。「你之後或許就會知道了。」

伊曼不知道他要怎麼解讀這段話。他的直覺告訴他，尚恩並不是個騙子，也不像是有吸毒之類不良嗜好的男人，但是尚恩的語帶保留仍然令他有點不安。他來回打量著尚恩的雙眼，尚恩只是毫不迴避地看著他。

「好吧，很公平。」伊曼回答。「我會好好禱告的。」

畢竟，他有什麼資格質疑對方？好像伊曼自己就開誠佈公、沒有任何祕密似的。他們才第三次約會，尚恩什麼都不欠他。

「倒是你，我也有個問題想問。」尚恩說。他伸出手指，戳了戳伊曼結實的腰側。「作為一個小學老師，你的身材似乎有點太浪費了。你的腹肌是從哪裡弄來的？」

「呃，健身房？」伊曼說。

這句話聽起來很蠢，但是伊曼決定讓它就這樣保持一會。再一陣子，他想，過一陣子之後再說。

他不會一直隱瞞下去的，如果他真的決定要和尚恩繼續這段關係，就會對他說實話——等到他覺得足夠安全，知道尚恩不會因為他的另一份工作而離他遠去的時候。

「好吧，自作聰明先生。」尚恩又露出了那抹似笑非笑的表情。

伊曼很想要親吻他歪斜到一邊的嘴角。

但是最後他還是作罷了。

「嗯，你餓了嗎？」伊曼從沙發上站起身，往廚房走去。「我們來弄點東西吃。然後我晚上還有事情要做。」

「對，你的神祕行程。」尚恩平靜地說。但伊曼忍不住懷疑，他其實早就對這個說法起疑了。

伊曼決定不要針對這件事做出回應。他打開冰箱的冷凍庫，拿出兩袋調理包。「你喜歡義大利麵嗎？我可以做簡單的肉醬麵，再燙個蔬菜……」

他回過頭，看見尚恩正雙手撐在吧檯桌上。「義大利麵沒問題。」他說。「下次我也許可以做個焗烤什麼的。」

有那麼一瞬間，伊曼覺得他可以想像出他和尚恩一起生活的模樣。他們會一起坐在沙發上放著音樂看書，或是在沒有上班的時刻一起看一部老電影。他們可以為兩個人對電影的不同解釋吵上一整晚，然後最後在床上和好。

不行，伊曼，這樣太危險了，他腦中的聲音再度警告道。你早該知道了吧？

「當然。」伊曼微笑，將那個念頭推到腦海之外。「焗烤聽起來很不錯。」

出門時，伊曼問尚恩要不要順道載他回家，但是尚恩拒絕了。他說他並不怕讓伊曼知道他的住址，只不過他不想耽誤伊曼接下來的約。伊曼聽不出來尚恩是不是意有所指，於是他決定不要多想。

伊曼開著車，前往他的目的地——那是他兼差的地方，雖然這裡的薪資比學校老師的薪水高得多。他都忍不住懷疑，教書其實才是他的副業。

伊曼把車駛進建築物後方的停車場。此時停車場裡還空蕩蕩的，只有一兩輛車停在老地方。伊曼一眼就認出那輛白色的雪佛蘭老爺車，那是他的老闆愛琳平常最喜歡開的一輛車。

他把車停在靠近圍牆邊的車位上，然後沿著狹窄的巷子，走到建築物正面。距離營業時間還有幾個小時，寫著「A區」兩個大字的霓虹招牌還沒有亮起。伊曼掏出鑰匙，打開前門的鎖。

門房的區域裡一個人也沒有。但是伊曼可以聽見裡頭傳來隱約的人聲。

他推開厚重的布幕，儘管他的眼睛還沒有完全適應昏暗的室內，但他對座位區已經熟悉到就算沒有光線也能自在地在走道上移動。

「唷，伊曼！」

他順著聲音傳來的方向抬起頭，看見高聳的舞台上有個身影正掛在長長的鋼管上。

「傑夫。」伊曼喊道。「你幹嘛不開燈？」

「偶爾享受一下黑暗也滿好的，不是嗎？」傑夫回答。

伊曼咧開嘴，搖了搖頭。傑夫幾乎從來不說正經話，有時候他都懷疑，傑夫的男友究竟怎麼有辦法忍受得了他。

事實上，就他少數幾次和傑夫的男友打到照面的經驗來看，他實在不懂他們兩人為什麼會在一起——傑夫的男友是個一本正經、實事求是的大學生，而傑夫則是個脫衣舞男。

就和他一樣。

伊曼爬上舞台，打開鋼管上方的燈。傑夫從鋼管上溜了下來，誇張地用雙手遮住眼睛。

「你今天很早到。」伊曼靠在鋼管上，對傑夫說道。

「是你晚到了。」傑夫說。「我一個人在健身房裡練得很無聊，覺得還不如出來跳個舞。」

「嗯，我也是有點個人生活的。」伊曼說。

「唷，個人生活。」傑夫把手挪開，聳起眉，對他露出一抹不懷好意的笑容。「你終於又開始約會啦。」

「誰跟你說我在約會了？」

伊曼避開傑夫的視線，從口袋裡掏出手機。與其被傑夫拷問他根本還稱不上感情關係的約會對象，他不如趁現在把生活費轉給他媽媽。

在他操作手機的過程中，他還是可以感覺到傑夫的目光在他身上打量著。

「你媽他們最近怎麼樣？」傑夫問。「還有你的弟妹們？」

這傢伙，他為什麼像是什麼都知道？

他們這些脫衣舞男或許不像真正的家人一樣親密，但也絕對有著某種程度的革命情感。在伊曼的經驗中，他們甚至比他的弟弟更了解他。

而傑夫是他們之間最擅長關心他人的——就算一部分是出自於他喜歡聽八卦的心態，至少他也從來沒有把伊曼的事情拿出來說過。

在這裡上班的人或多或少都有一點故事，而他們之間最大的共通點，是他們都需要錢。

或許就是因為這樣，他們才會產生那種比朋友更深一點的連結，他們都知道每個人有自己的難處。

「還好吧。」伊曼回答，一邊專注地看著螢幕。「你知道，就老樣子。」

「提醒我一下，你的弟妹們什麼時候要畢業？」傑夫問。「一年？兩年？」

「我弟今年就要畢業了。」伊曼說。「明年換我妹。」

他知道傑夫想說什麼。等到他兩個弟妹都高中畢業之後，他們未來要怎麼打算？他一個人不可能負擔得起兩人的大學學費——就算他把自己在俱樂部裡賺的所有錢都轉給他們，就算加上媽媽的救濟金，那也太勉強了。

「你知道你不可能養他們到大學畢業，對吧？」傑夫說。

「你知道。」伊曼瞥了他一眼。「有時候，你的話真的太多了。」

「我只是說說而已。」傑夫聳聳肩。「大學不是唯一一條路，尤其是在沒有經濟支援的狀況下。」

伊曼登出銀行的應用程式，將手機塞回口袋裡。他知道傑夫說得對。就連他自己，當初也是靠著獎學金和半工半讀，才把大學唸完的。他知道他弟妹的學業成績並不如他好，但是他憑什麼剝奪他們尋找人生出路的資格？

「我會再想辦法的。」最後，伊曼只是這麼說道。

傑夫咧嘴一笑。「你如果想要把我的獨舞時間都搶走，我會跟你翻臉。」他說。

「我也是很努力在賺學費的。」

和傑夫一起回到後台的健身房裡，準備開始熱身和運動時，在舞台上的那番對話，依然在伊曼的腦中迴盪。

嗯，這好像又給了他更多不該和尚恩扯上關係的理由。

他是個在脫衣舞男俱樂部裡兼職的小學老師，還得把大部分的收入都拿回去照顧自己的家人。像這樣的條件，他有什麼權力把尚恩拉進這團混亂之中？

但是他現在暫時不想考慮這個。畢竟，他和尚恩也才剛認識不久。誰知道，或許之後尚恩就會受不了他的無趣，然後決定自己和他斷絕聯絡呢。

伊曼搖了搖頭，拿起地上的啞鈴。他深吸一口氣，穩住核心肌肉。當他把啞鈴舉到胸前時，他從鏡子中看見傑夫若有所思的眼神。他決定假裝沒有注意到。

Chapter04

「再過半小時。」懷特的聲音從尚恩背後傳來。「孩子們就會抵達囉。」

尚恩正在倉庫的架子上尋找裝飾書櫃用的道具，聽見店長的聲音他便扭過身子，居高臨下地看著店長。

「收到。」他拿起箱子裡的相機模型擺在眼前，假裝對著店長拍照。「笑一個吧，懷特。」

懷特笑了起來，搖搖頭，並在退出倉庫前留下一句。「幫我個忙，別從梯子上摔下來。」

第一次在懷特的帶領下進倉庫裡認識環境時，懷特就嚴正警告過他，禁止在使用梯子的時候拿手機出來。據他所說，曾經有一個工讀生在梯子上傳簡訊，重心不穩栽了下來，額頭正好撞到鐵架的尖角。最後整件事是在那孩子的爸媽來店裡大鬧、揚言要提告，懷特則自掏腰包賠了一大筆錢之後落幕——儘管這一切都是那孩子在上班時間偷用手機才發生的。

尚恩向店長保證，他是個非常守規矩的員工。而且就算他受傷了，也不會有麻煩的家長來替他討公道。不過後面這段話，他並沒有說給懷特聽。

尚恩抱著裝有道具的箱子，小心翼翼地爬下工作梯，關上倉庫的小門回到書店裡。他把箱子放在櫃檯下方，藏在顧客的視線之外，一邊檢視了一下「故事角落」的預約單。

伊曼．歐文斯的名字，以懷特潦草的字跡寫在預約單最新的一格裡。

尚恩不禁歪嘴一笑。

「怎麼？」懷特剛替一個顧客結完帳，將明細和裝有書本的紙袋放在檯面上。他轉過頭，挑起粗濃的眉毛，看向尚恩。「你認識他嗎？」

「對。」尚恩小心地控制自己的面孔，擺出淡然的微笑。「他是我朋友。」

「好喔。」

懷特懷疑地看了他一眼，但是接下來又有一個顧客走到櫃檯前，拿了一盒大包裝的生日卡片來結帳。尚恩藉此機會，抱起櫃檯下方的箱子，來到書店中央的平台展示區。

這個月的書籍主題是「旅行」，所以尚恩挑選了許多和旅行相關的素材。他打算將他們主打的推薦書放在一個畫框裡，四周則用拍立得、照相機、郵戳和封蠟等，裝飾成剪貼簿的模樣。

他一邊整理平台上的書本，一邊回想著剛才和懷特的對話。

他知道他和伊曼不能說是朋友，差得遠了。但是炮友呢？尚恩討厭這個詞在他心中帶著貶義，好像他們只是在濫用身為「朋友」的關係。不，他和伊曼所擁有的，是超過朋友和炮友的其他東西。

伊曼是他的約會對象，這是尚恩能找出來最適當的形容詞了。

在伊曼家所發生的那場性愛，對他來說既出乎意料又毫不意外。就某方面來說，他是故意要讓它發生的。一部分的他想要知道，在發生過肉體關係之後，伊曼對他的態度會不會突然產生轉變。

在他的約會歷史中，他遇過不只一次，和另一個人做愛過後，對方就覺得好像擁有他了，或是突然覺得他的身體就是可以任憑予取予求的東西。而那些關係的結局，通常都不是非常漂亮。

但是伊曼沒有。在他們上完床之後，伊曼表現得像是個徹底的紳士，就連碰觸他都還是很謹慎。在那之後，伊曼的訊息也還是一如往常地友善、風趣，並沒有在性愛之後就開始要求電愛或其他東西，也沒有開始在訊息中加入各種暗示。

尚恩喜歡他的風度和恰到好處的距離感。不過他同時也懷疑，伊曼之所以沒有積極找他，是因為他還有其他旁騖，使他沒有心力要求尚恩更多。

畢竟，自從和伊曼在家裡約會過後，他們還沒有見過面。

尚恩暗自搖搖頭。他不喜歡這種思考方向。

「再十分鐘！」懷特的聲音從櫃檯的方向傳來，將尚恩從思緒中拉出。「該準備囉！」

「好的。」

他把手邊的佈置暫時收尾，檢視了一下自己的成果。雖然還不如他想像中的豐富，但是暫時也夠好了。他可以等故事時間結束之後再繼續。

他把裝飾品的箱子抱起來，放回櫃台下，然後前往書店的故事角落。

在大片落地窗旁，鋪了一片柔軟而厚實的地毯。一張舒適的扶手椅面向書店空間擺放，一旁的木箱中裝了許多色彩繽紛的坐墊。尚恩把扶手椅上方的燈打開，讓光線灑落在天花板垂掛的緞帶與像棉花糖般的雲朵上。一座鞋櫃擺在牆邊，此刻裡面空蕩蕩的，只有幾雙拖鞋躺在最底層。

這是他平常說故事的地方，也是整間書店中他最喜歡的角落。在這裡，他可以在明亮的燈光下看著每個孩子閃閃發光的眼睛，聽見他們在故事最高潮的地方發出的驚呼。

在這裡，他感覺自己仍然像是在DJ檯上的那個尚恩，那個神祕、熱情的音樂人。

他轉過身，在書架上尋找今天要說的故事。他抽出了麥當諾那本經典的兒童繪本《「沒有東西」送給你》。

尚恩脫下自己的鞋子，整齊地放進鞋櫃裡，穿上拖鞋，在椅子上坐定。

好像才過不到一分鐘，他就聽見書店的店門推開的鈴聲。一群孩子們的聲音伴隨著街道上的空氣湧進書店裡。當他看見伊曼那張熟悉的臉出現在玻璃門邊時，他不禁微笑起來。

「好了，孩子們，我們說好的。」他聽到伊曼的聲音說。「進了書店要怎麼樣？」

「靜——悄——悄——」稚嫩的聲音扯著喉嚨喊道，完全破壞了這個約定本來的意義。

伊曼搖了搖頭，輕笑起來。「對。但是我還看到很多小嘴巴在動來動去喔。」他說。「馬可，我看到你了。」

那聽起來和尚恩說話的口氣差不多，但是放得更輕、口氣也更溫柔。

尚恩想像著伊曼用這個語調叫他的名字，在他的耳邊低語。噢，他不該這麼做的。尚恩暗自搖搖頭，希望自己微微發燙起來的臉頰，能在他們過來之前恢復正常的顏色。

懷特走出櫃檯，穿過幾排書櫃和展示桌，來到這群小學生面前。

「嗨，孩子們。嗨，歐文斯老師。」他用過度開朗的聲音說道，就像兒童頻道的主持人。每次尚恩聽見他這樣招呼孩子，就會忍不住在內心竊笑。

看他活力充沛地和孩子們介紹等一下的行程，誰會相信懷特平常是個喜歡玩「龍與地下城」，會和朋友在桌遊店泡一個下午，一邊喝啤酒一邊玩「卡卡城」的男人呢？

尚恩耐心地等著懷特的說明告一段落。

然後伊曼就像是一隻大型牧羊犬般，在隊伍的最後方，敦促著一群活蹦亂跳的孩子們，往尚恩的座位走來。

當他和尚恩的視線相交時，他的眼睛便彎起了一個溫柔的弧度。

「嘿。」伊曼說。

不知為何，伊曼俯在他身上，大手撫過他胸前時的畫面，突然從尚恩的腦中一閃而過。他的背脊像是被一股電流竄過，刺麻不已。

「嗨。」尚恩的嘴角一歪，對自己的大腦感到好氣又好笑。

專業一點，尚恩。專業。

他命令自己從伊曼的臉上轉開視線，對面前的孩子們露出微笑。「你們好啊，小朋友。」他說。「期待今天的故事嗎？」

回答的聲音此起彼落，有些孩子已經好奇地拉長脖子，想要一窺尚恩放在大腿上的繪本封面。

「哦喔，還沒呢。」尚恩故作神祕地用手蓋住封面上小黑狗的插畫，對他們眨眨眼。「在這之前，你們還有一件事情要先做唷。」

孩子們在伊曼與尚恩的指示下脫下鞋子，一一放進鞋櫃裡。每次光是協助小孩們把鞋子收拾好，就要花上他們十分鐘的時間。但是話說回來，帶一年級的孩子們來書店裡聽故事，「故事」本身反而不是重點了。

待孩子們全部坐定後，伊曼便靠著鞋櫃旁的柱子，雙手環抱在胸前，對尚恩眨了眨眼。

尚恩告訴自己，他的微笑完全在專業的範疇裡。

他舉起手中的繪本，終於讓孩子們看見封面上的插圖和文字。

「有沒有人能告訴我，這是什麼東西呢？」

在一群小孩興奮的回答聲中，故事角落的時間正式開始。

每翻過一頁，孩子們就會興奮地搶著看圖說故事——這是尚恩最喜歡的部分。麥當諾的插畫簡潔，有著大量的留白，而畫面上少數的物件，正好留給小孩們串連彼此關係的空間。在介紹完「奇奇」和「小歐」這兩個動物角色之後，後面的故事，就是尚恩和孩子們合力完成的了。

當尚恩翻到奇奇和小歐一起拆禮物的那一面時，孩子們發出了他意料中的驚呼聲。

尚恩笑了起來。趁著小孩爭先恐後地發表他們對空禮物盒的看法時，尚恩的視線往伊曼的身上轉去。

他知道在他說故事的過程中，伊曼的視線除了照看那群孩子們之外，幾乎沒有從他身上移開過。此時伊曼正將額角靠在柱子上，嘴角帶著笑意，毫不掩飾地回應他的目光。

尚恩好想吻他。

在剩下的故事時間中，尚恩都可以感覺到伊曼的眼神像是兩道低溫的火焰，灼燒著他。

等到尚恩說完故事，將書本闔上時，這群孩子們都已經學會了一個全新的把戲。他們會伸手抓一把空氣，塞到身邊的小孩面前，對他說：「『沒有東西』送給你！」然後再一起笑得人仰馬翻。

「『沒有東西』的禮物。」伊曼在前往櫃檯簽名時，低聲笑了起來。「我覺得你是故意要讓他們把這個小招式帶回去班上的。這是我的錯覺嗎？」

尚恩咧嘴一笑。「麥當諾的繪本極富深意，我不知道你在說什麼。」

「對，你當然不知道了。」

伊曼的笑聲在尚恩的耳邊迴盪，令他感到溫暖不已。

尚恩把預約表推到他面前，遞給他一隻筆。「在這裡簽名就可以。」

他抬起眼，看見懷特正帶著孩子們在店裡參觀。他看著伊曼下垂的眼皮，粗濃的睫毛遮住了一半的眼睛。

「你今天晚上有事嗎？」尚恩還來不及阻止自己，就脫口而出。「我可以過去你家。也許我們可以……」

「啊。」伊曼像是被嚇到似地抬起頭。「我今天晚上還有別的事要做。抱歉。」他把筆放下，對尚恩露出歉意的微笑。「我再傳訊息給你，好嗎？我們再約。」

「噢。當然。」尚恩回答，小心翼翼地藏起自己的表情。「不，沒關係的。」

又一次。這已經是伊曼第二次用這個理由了。這在約會的領域中，似乎不是個好跡象——尚恩不喜歡過去的經驗告訴他的可能性。

「我無意冒犯。」尚恩勾起一個微笑。「不過，我是不是該擔心一下？你是有婦之夫嗎？」

聽見他的話，伊曼眨了眨眼，沒有馬上回答。他像是很苦惱似地抿起嘴，垂下視線。

一會之後，他抬起眼，直直對上尚恩的視線。「不。我可以向你保證，我不是有婦之夫。」他一字一句慢慢地說道。

尚恩點點頭。「好。」

這樣就夠了。至少目前為止。

「我會告訴你的。」伊曼語調有點太快地說。「我只是……還不太確定。你知道，各方面都是。」

「不，我懂。」尚恩說。

他真的懂。他知道，他其實沒有資格追問——至少在他沒有對伊曼坦白自己的兼差之前，他都沒有立場。

看著伊曼困擾的表情，尚恩感到有些懊惱。

剛才他甚至不該多問的。約會經驗這麼豐富，難道他還學不會，先展露出對關係的渴望，就代表他在這段關係裡已經處於劣勢嗎？

這都只是他的不安全感作祟罷了。尚恩告訴自己。

沒什麼大不了的。

「所以怎麼樣？」喬治把外觀華麗的威士忌酒瓶放回身後的架子上。尚恩不確定那瓶酒究竟有多少價值，但是他懷疑應該要上千美金。「你覺得他是個騙子？又一次？」

這個問題讓尚恩思索了一下。或許是因為剛結束一場表演，他的大腦現在還沒有從強烈的多巴胺中恢復過來，又或者是因為喬治今天調給他的飲料實在太濃了。他趴在桌面上，輕輕搖晃著只裝了兩分滿的玻璃杯。

「我不知道。」最後他說。「我不想要這樣想，你知道嗎？」

「當然囉。」喬治的聲音聽起來愉悅得令他想要打人。「沒有人想要把人當成壞人。嗯，也許除了我之外。」

「你是說把別人當成壞人，還是你自己就是壞人？」尚恩挖苦道。

真要說的話，喬治大概就是尚恩在交友軟體上最不想遇到的那類人。他長相英俊、身材高挑、個性幽默，從來不定下來、從來不給任何人承諾，約會對象總是一個換一個，有時候還一次好幾個。但或許就是因為太清楚知道他不在自己的狩獵範圍內，尚恩才能這麼自在地與他做朋友。

靠，對尚恩而言，就連直男都沒有這麼安全。這或許也代表了一點什麼。

「嘿，別把矛頭轉到我身上。」喬治轉過身來，倚在吧檯上。「我對我的每個對象都是絕對誠實，好嗎？每一次約會，我都是明確告訴對方：我有其他約會對象，我不打算找穩定交往的另一半，但是我喜歡床上運動。能接受的人，我們就會度過一段美好的時光。不能接受的人，我也完全歡迎他們掉頭就走。沒有人會受傷。」

「對。」尚恩說。他再度思索了一下，做出決定。「不，我不覺得他是個騙子。我只是覺得有些事他還不想告訴我。」

「而這部分，你也完全可以同理，對吧？」

雖然不想承認，但是尚恩得說，喬治說得對。這就是在交往前那段最令人尷尬的時刻——你永遠不知道你該展露多少自我。或者說，在任何關係中，你都不會知道。

就連理應無條件愛你的父母，都能因為你表現出真實的那一面，而決定不要再愛你了。他有什麼立場去要求別人做到這一點？

就某方面來說，他之所以會和喬治成為這麼要好的朋友，就是因為在喬治面前展露自我，一點都不困難。

「我是說，有些事情就是不太合理。」尚恩盯著杯子裡閃閃發光的酒液，含糊地說道。「像是，身為一個小學老師，他的身材真的好到不像話……小學老師有什麼必要維持身材？而且，他晚上總是有事。」

喬治哼笑一聲。「嗯，關於身材這件事，我有點不同意你。他可以為了非常膚淺的原因維持身材，就因為他喜歡啊。」

「喔，閉嘴。你知道我的意思。」尚恩說。

喬治將一疊玻璃杯放進水槽裡，扭開水龍頭。尚恩聽著水流聲和玻璃杯互相碰撞的清脆聲響，意識幾乎要從他的身體飄走。

他回想著今天在書店時，伊曼欲言又止的表情。在那一刻，尚恩真的差點就要懷疑他是不是已經有男友，或是更糟，已經有家庭了。

但是如果這是真的，當他在給他台階下時，伊曼為什麼又要否認？他大可在收到暗示後藉機抽身。對吧？

這一切都太令人感到不安了。

「但是你就是喜歡這種刺激。」

喬治這句話，甚至不是個問句。尚恩抬起眼，覺得喬治好像有能力讀到他此時的想法似的。

「我沒有。」尚恩抗議。

「好吧，你說了算。」喬治拿起擦拭布，開始擦乾洗淨後的玻璃杯。「既然你喜歡追求刺激，你不如再去找一個兼差吧。比你賴在酒吧裡鬼混、讓我看著你顧影自憐的樣子好多了。」

尚恩翻了個白眼。

但是他知道喬治的建議是打哪來的。他接到的第一個DJ工作，是在他和某一個夜店服務生交往時，透過對方介紹而開始的。那場戀愛因為對方與另一位服務生在廁所裡親熱而結束，但尚恩已經愛上了DJ這個工作所帶來的大腦刺激，還有他在台上透過音樂催化人們情緒的能力。那就像是他在書店的說故事工作，只是更……成人了一點。

那段關係結束了，但是他的工作保留了下來。他又找到了第二間夜店、然後是第三間，他甚至累積起了自己的小小名聲。

「用工作填補感情不順利的空洞。」尚恩說。「有夠老掉牙的。」

「但是老掉牙的故事之所以這麼多人說，是因為它有用。」喬治回答。

尚恩嘆了一口氣。「好吧，神通廣大的喬治。」他說。「你有什麼工作的門路可以介紹給我？」

看見喬治扶著下巴、佯裝忍真思考的模樣，尚恩忍不住笑了起來。他就知道喬治不會平白無故提起工作這檔事。他耐心地等著喬治把戲演完。

「啊哈，我還真的有個機會。」喬治像某種動漫人物一樣彈了彈手指，尚恩彷彿可以聽見他的頭頂上冒出一個燈泡的音效。「有一間夜店的調酒師路西安，告訴我他們的店裡在找長期駐點的DJ。」

「喔？」尚恩從桌面上爬起來。「繼續說。」

「你知道，他們一直以來都是找算時薪的DJ，就像你這樣。但是他告訴我，他們的老闆是個非常重視專業的人。」喬治微微一笑。「如果她喜歡你——嗯，你能拿到的年薪，搞不好會比小學老師還高。」

「你的嘴真的很壞。」尚恩說。「我不懂，到底為什麼會有人一直想跟你約會。」

「人們都喜歡無法征服的東西。」喬治聳聳肩。「這就是個事實。」

「也許我也該試著變得難以征服一點。」尚恩喃喃回答。他和伊曼、或和任何人約會的過程，他似乎都在做完全相反的事。

「但你身上沒有這種基因。」喬治輕鬆地說道。尚恩還來不及抗議，喬治就繼續說了下去：「我覺得你會喜歡那間店的。」

「原因是？」

「那裡充滿了你最沒辦法抵抗的壞男人。」

喬治的表情真誠，使尚恩無法辨別他究竟是不是在開玩笑。

「多謝喔，兄弟。」尚恩向後靠在椅背上，將杯中的酒一飲而盡。「我會考慮看看的。」

「別考慮太久。」喬治說。「機會不等人的。」

Chapter05

當尚恩走出辦公室時，他只覺得整個人輕飄飄，好像剛從一場夢中醒來似的。夜店的老闆愛琳是個有趣的女人——在面試過程中，愛琳除了評估他準備的履歷和混音帶之外，還問了許多意料之外的問題。她問了許多他的個人觀點，例如他對某部電影中某個橋段的看法，或是他對娛樂表演有什麼想法。

這些問題對尚恩來說並不困難，甚至也不需要擔心標準答案。如果他不是早就已經有答案了，他也立刻就能從腦中挖掘出一點什麼。或許像他這樣習慣過度分析，也不總是一件壞事。

愛琳沒有批判他給出的任何回答，只是一手撐著下顎，看著他說話。不知道為什麼，愛琳給他的感覺就像一個母親，儘管他懷疑愛琳並沒有結婚生子。她看著尚恩的眼神十分專注，好像想要理解他說的每一個字，想要探究背後的每一個原因。

尚恩不禁覺得好笑，就連他自己的親生父母都沒有這麼認真聽他說過話。也許只有他出櫃的那次例外。但是，嗯，他並不喜歡那個結果。

在他回答完愛琳的最後一個問題後，女子站起身，對他伸出手。

「你已經告訴我，在你冷靜而理智的外表下，是一個充滿熱情的人。」她說。「而且，沒有一個DJ是可以靠理智工作的，你也有無比敏銳的感性。」

尚恩也從扶手椅上站了起來。愛琳和他握了一下手，動作堅定而乾脆。

「嗯，妳對我的認識，已經比我父母還多了。」尚恩微微一笑。

他預期愛琳會因為他提起私事而感到尷尬，但愛琳的表情沒有一絲動搖。她只是挑起眉，一聳肩。「我只能說，在這裡，你不是第一個。」

聽見這句話，尚恩突然覺得，為愛琳工作或許會是一個不錯的選擇。

「我希望你下星期一就能來上班。」愛琳說。「如果可以，請你下午就到。我希望你先和我的舞者們碰個面。」

「當然。」尚恩說。「有何不可？」

「很好。」愛琳說。「在這裡工作，沒有什麼特別的規矩。用你的熱情，把你擅長的事情做好，就這樣。」

這聽起來是個很好滿足的要求。

「我可以做得到。」

「我相信你可以。」愛琳勾起嘴角。「還有另外一件事——我不會在乎員工的私生活。那全都是你們的私事，我沒有任何興趣。我只有一個要求，不要把私事帶到工作上。我期待看見你的專業，這其中也包括態度。」

尚恩打量著愛琳的臉。他不太確定愛琳為什麼要這麼說，或許因為她自己也知道，她的夜店和其他店相比，算是更複雜的場所。

畢竟扯上脫衣舞者，事情註定就不可能單純。這就是事實。

天啊。尚恩不禁暗笑起來，這下他真的有很多事情要跟伊曼解釋了。

但是站在愛琳的辦公室裡，尚恩決定把和伊曼相關的念頭暫時推到腦後。不，他決定，他要回家再來思考這件事。他之所以來面試這個工作，目的就是要暫時用工作轉移注意力，對吧？

愛琳看著他，眼神中帶著疑問。

如果尚恩想要放棄這份工作，這是他最後的機會。

而如果尚恩想要和伊曼繼續發展下去，他或許應該要放棄。

但是那個在他腦中徘徊了一千年的問題，此刻就像是霓虹燈般閃爍著。為了一個男人放棄自己的嗜好，真的是對的嗎？

「對我來說沒問題。」尚恩聽見自己這麼說。「下星期一，我下午就會過來。」

愛琳的眼睛彎起一個微笑的弧度。「下午三點。」她說。「我會在這裡。」

在尚恩準備離開辦公室時，愛琳遞給他一張名片，在上面寫了幾個字，然後告訴他，他可以去吧檯喝一杯，順便看看舞者們的表演。

於是尚恩當然恭敬不如從命了。

他沿著辦公室外的走廊，經過幾個關著門的房間，而隨著他越往前進，外頭嘈雜的音樂聲就越是響亮，和觀眾們的呼喊聲交織在一起。看來他們請來的DJ，也把份內的工作做得很好。

當尚恩來到擺著桌椅和圍出舞池的區域時，他便被飽滿的音樂聲包裹了起來。觀眾們圍繞著高聳的舞台，在迷幻的舞台燈光下，四周的人們幾乎全部隱藏在黑暗之中。

這就像是一場夢境——尚恩身處其中，但是所有的一切，又彷彿在他伸手無法觸及的遠處發生。他近乎著迷地看著舞台上的四名舞者，正伴隨著舞曲的節奏，圍繞著鋼管跳舞。

說來好笑，這是尚恩第一次踏進這間脫衣舞俱樂部。或許是因為他的潛意識一直都認為，脫衣舞男的圈子，會比他在夜店工作的圈子更加複雜。

他太清楚自己的弱點了，如果他真的栽在一個脫衣舞男的手上，他怕自己的下場會比過去任何一次感情失敗都還要慘烈。

台上的舞者們穿著合身的西裝外套和緊繃的長褲，外套下方則沒有其他的衣物遮蔽，而每個人頭上都戴著一頂禮帽，將大半張臉遮住。尚恩可以從西裝的開口看見結實的胸口與腹肌，隨著舞者充滿力量的舞蹈動作伸展與收縮。紫紅色的光線幾乎像是某種液體，灑落在四名舞者身上。

尚恩瞇起眼，端著調酒師交給他的長島冰茶，靠在吧檯邊。

舞曲的節奏逐漸加強，然後伴隨著一聲重重的鼓聲，音樂聲戛然而止。舞者們整齊劃一地抬起手，壓低帽簷。

尚恩在心中數了三秒。

音樂聲再度響起，舞曲來到高潮。觀眾們歡呼起來，舞台光線也瞬間變得明亮。強烈的燈光打在鋼管與舞者身上，舞者們的動作也變得狂熱而煽情。

尚恩看著他們對著鋼管熟練地搖擺腰肢，然後順著鋼管滑落到地面。緊繃的長褲使舞者下身的線條一覽無遺，流暢的動作則使觀眾無法真正定睛在任何不該久留的地方。

尚恩不禁歪嘴一笑。

啊，他果然沒有錯。這個地方對他來說太危險了。

但是他是要來這裡工作的。尚恩提醒自己。他不是來這裡當個觀眾、來欣賞哪一個脫衣舞男的身體的。

他又喝了一口手中的飲料，感覺喉頭一陣溫熱。然後那股熱度便逐漸浮上他的臉頰。

然後舞台上的舞者們扯開了西裝外套的唯一一顆鈕釦。震耳欲聾的歡呼聲將尚恩包裹在其中，尚恩閉上眼睛，讓自己沉浸在四周火熱的氣氛裡。他覺得這個聲音就像是一股流水，就要將他捲走。
當尚恩再度睜開眼皮時，舞者們已經摘下自己的帽子，往舞台的後方拋去。
他的心臟突然重重一跳。有那麼一瞬間，尚恩好像連要怎麼眨眼都忘了。
他覺得自己一定是喝多了，所以才會看錯。
一定是舞台的燈光太炫目，讓他眼花撩亂，所以他才會把一直盤踞在他腦中一角的伊曼的臉，套在左方數來第二個脫衣舞者的身上。
那頭及肩的鬈髮，高挺的鼻梁和粗濃的眉毛——長得好看的人都長這樣，對吧？在這麼濃烈的光線顏色下，他也無法辨別舞者的膚色。他可以是任何人，尚恩對自己說。
他的眼睛無法從舞者的身上轉開。他只是看著那名舞者踏著舞步來到舞台邊緣，對著其中一名尖叫不已的女人張開雙腿，挺起腰。然後他伸出手，作勢要撫摸女人的臉頰。觀眾的尖叫聲再度直衝天花板。
尚恩轉過頭，對著調酒師大喊：「那個在對女人跳舞的舞者，他叫什麼名字？」
「什麼？」調酒師喊回來。
尚恩又問了一次。
調酒師傾身越過吧檯，湊到尚恩耳邊。他的口齒清晰，而尚恩不確定自己究竟希不希望他聽錯了。

「伊曼。」調酒師一個字、一個字說道。「伊曼・歐文斯。」

天啊。尚恩再也忍不住地大笑出聲，大喝了一口手中的飲料。

「怎麼？」調酒師挑起一邊的眉毛。「你對他有興趣嗎？」

「不，我只是覺得很幽默而已。」尚恩回答。

面對調酒師懷疑的目光，尚恩只是把視線再度轉向舞台。

看來伊曼也有很多事情要和他解釋了。

尚恩沒有看完表演就先離開了。他考慮了一個晚上，最後決定暫時不要戳破他們之間的小祕密。

就某方面而言，尚恩甚至認為這個情境滿好笑的。畢竟，現在他知道的事情比伊曼多了——而他有點享受這種比對方多掌握一點資訊的感覺。

尤其當他回到公寓，沖完澡鑽進被單中後，看到手機跳出伊曼的訊息時，他真的忍不住笑了出來。

「剛結束手邊的事。」伊曼在訊息中寫道。**「你睡了嗎？」**

手邊的事。尚恩在漆黑的房間中暗笑著。嗯，他們都知道那是什麼事了，對吧？

他把手機放到床邊桌上，假裝自己沒有看到。

整個週末，尚恩都像是什麼也沒發生似地和伊曼交換著訊息，不過現在，尚恩已經大概能夠猜到伊曼這個時間在做什麼。

他已經開始想像伊曼在俱樂部裡看見他時，會是什麼表情了。

星期一，尚恩向書店請了兩小時的假，準時抵達A區俱樂部的門口。他按下入口處的電鈴，大門便「唧」的一聲向後彈開了。尚恩走進還沒開始營業的舞台區，就看見愛琳站在吧檯前的走道上等著他。

「歡迎加入俱樂部。」愛琳微笑。「物理上的和修辭上的。」

尚恩對她伸出手，兩人簡短而堅定地握了握手。

「來吧，我帶你去和大家打個招呼。」愛琳說。「舞者們和你會是最密切的合作夥伴，你會使他們的舞蹈縈繞在觀眾的大腦，他們則會使你的音樂成為視覺饗宴。」

尚恩喜歡她的說法。

他和愛琳一起走上舞台的階梯，走進後台。她推開後台的一扇門，尚恩便走進了一間休息室。房間的中央有一張巨大的沙發，此時上頭丟滿了各式各樣的衣物，令人眼花撩亂。休息室沒有開主燈，只有沿著牆壁擺放的化妝桌，每一面鏡子上都裝有一整圈的燈泡，而這樣的光線，就足以照亮整個房間。

不過真正引起尚恩注意的，是另一個東西——他聞到了一股熟悉的氣味，像是各種古龍水或身體噴霧綜合起來的香味。

或者更準確的說，那就是伊曼身上的味道。

愛琳帶著他走到休息室的另一端，敲了敲門。尚恩可以聽見門後方傳來隱約的人聲，然後某個人發出一陣大笑。那不是伊曼，尚恩註記道。

當愛琳推開門時，儘管尚恩覺得十分愚蠢，他還是忍不住屏住呼吸。

在前往這裡的一整路上，或者說過去這幾天，他都在為自己做心理準備。在他見到伊曼時，他該說些什麼？伊曼會是什麼表情？他知道伊曼會先是震驚，不敢相信會在這裡見到尚恩。但是在那之後，他就無法繼續推斷了。

伊曼會生氣他的隱瞞嗎？或是因為自己的隱瞞被戳破而惱羞成怒？

他和尚恩之間所建立起的那些好東西，會在此付之一炬嗎？

此時，尚恩突然想通了一件事，在他發現伊曼是這裡的脫衣舞者之後，他之所以沒有放棄這個工作機會，是因為他想要證明一點什麼。

現在他們兩人的祕密都不得不攤開在陽光下，那麼他們究竟是不是夠好的人、夠相配的對象，能夠使他們撐過這個小小的揭發現場？

「哈囉，愛琳。」

「嗨，老闆。」

幾個聲音對著門口的方向說道，然後尚恩便踏進了房間。

那是一間小小的健身房，雖然空間不算大，但是運動器材應有盡有。有一面牆上裝了整片的落地鏡，牆邊的架子上整齊地放著啞鈴，一旁則有一整組的槓鈴和槓片。

「午安，孩子們。」愛琳說。「我帶了一個你們會想要認識的人來。」

她往一旁站開，對尚恩伸出一隻手，示意他往前走。

「嗨，各位。」尚恩說。

房裡的三雙眼睛通通往他身上看來。尚恩一一掃過每個人的臉——他很肯定伊曼不是其中之一。他緊繃的胸口放鬆了一點。

「唷。」其中一名打著赤膊的男子（儘管尚恩更想要說他是男孩）對尚恩揚了揚下巴。「你就是新的DJ嗎？」

「我是。」尚恩微笑。「我叫做尚恩．葛林。你們可以叫我尚恩就好。」

「尚恩．葛林？」赤膊男子吹了一聲口哨。「『那個』DJ尚恩嗎？之前在貴族夜店駐點的DJ尚恩？」

他的皮膚黝黑，頂著一頭鬈髮，勾著嘴角，聲音就像是在唱歌一般，帶著某種韻律感。他的腹肌和手臂線條明顯，雖然不像是會去參加健美比賽的選手，但是精瘦的身材仍然無可挑剔。

「嗯……正是我。」尚恩回答。「只是你可能比較熟悉我臉上戴著三角巾的樣子。」

「靠。」赤膊男子轉向坐在一旁健身板凳上的另一個舞者。「我告訴你，這傢伙是真的很屌。你有看過他的現場表演嗎？那簡直就像是他的個人音樂會。」

另一名留著及肩金髮的舞者挑起眉，露齒一笑。「我猜我們很快就會聽見了。」他說。「嗨，我叫克里斯。」

「我是傑夫。」赤膊男子說。

「而我是尼克。」在鏡子前伸展著四肢的男子說道。他頂著剃短的平頭，雖然此時他幾乎整個人平趴在地上，尚恩都還是可以看出他的身材有多高大。

「我們基本上就住在這裡。」傑夫對著四周打了個手勢。「這間俱樂部就是我們每個人的家，而愛琳是我們的熊媽媽。你不會想要惹熊媽媽生氣的。」

「我從來沒有對你做過任何事，傑夫。」愛琳說。「公平一點。」

傑夫聳聳肩。「我就是說說而已。」

「我會銘記在心。」尚恩回答。

愛琳轉向尚恩。「他們或許嘴壞了一點，但他們都是好孩子。」她說。「所以請對他們有多一點包容。」

「妳怎麼知道不是我們包容他呢，老闆？」克里斯邊說邊對尚恩眨了眨眼。

「日久見人心囉。」愛琳說。

截至目前為止，尚恩覺得，他應該會喜歡這群舞者。他喜歡他們三人身上散發出的活力，也喜歡他們對愛琳說話的方式。員工對老闆的態度，很大一部分可以看出這裡的工作環境如何。尚恩相信，至少愛琳不是一個會壓榨員工肉體的上司——各種意義上的。

「還有幾名舞者還沒出現。」愛琳對尚恩說。「你可能需要稍等他們一下。在這之前，或許你會想先去舞台上看一下DJ檯，或是……」

愛琳的話還沒有結束，傑夫就突然伸長脖子，往尚恩的身後看去。

「唷，說曹操，曹操到啊。」傑夫說。

在尚恩來得及回頭之前，他就先聽見了對方的聲音。

「這裡這麼熱鬧？」那個在過去幾週裡，開始越來越常出現在尚恩生活中的嗓音——那個低沉、慵懶，又帶著一點笑意的聲音。「愛琳，這位是？」

尚恩不確定自己該露出怎樣的表情。但是他的身體彷彿脫離了他的掌握，擅自做出決定。

他旋過身，正好和在他身後兩步遠的伊曼對上視線。

「哈囉。」他聽見自己這麼說道。「誰想得到呢？」

然後，他在伊曼臉上看見了此生最難忘的表情。

伊曼就像是被施了定身咒一般愣在原地，眼睛眨也不眨，臉上笑容的弧度沒有改變。然後他的微笑抽動了兩下，來回打量著尚恩的面孔，好像不敢相信自己看見了什麼。

「……尚恩？」

啊哈，這就是尚恩這幾天想像過無數次的那股驚愕。尚恩感覺到自己的嘴角上揚。他把手握成拳頭塞進口袋裡，掩蓋自己的手指輕微顫抖的事實。

伊曼眨了眨眼。

他觀察著伊曼的表情，不動聲色地等待。他會怎麼說？他會有什麼反應？

接下來，出乎尚恩的意料，首先撇開視線的人是伊曼。他垂下目光，看向健身房的木地板。他甚至以只有尚恩能看見的小動作咬了咬牙，輕輕倒抽了一口氣，好像被什麼東西刺到一樣。

「什麼？」克里斯在一旁喊道。「你們兩個認識嗎？」

「嗯，算是吧。」尚恩微微一笑。他很滿意自己的聲音，比他想像得要更有幽默感一點。「我們算得上是朋友。」

伊曼看了他一眼。

他的眼中帶著詢問，又帶著某種尚恩無法解讀的情感。那是什麼意思？

「對。」伊曼拉開一個笑容。但是尚恩看得出來，他的面部肌肉拉扯的模樣，看起來實在很勉強。

「你認識DJ尚恩？」傑夫說。「你怎麼從來沒有介紹給我們？我以為我們是朋友……」

「DJ尚恩喜歡保有自己的隱私。」伊曼回答。「我沒有權利拿別人的隱私來當作交朋友的工具。」

傑夫嘖了一聲。「小學老師和他的高道德標準。」他喃喃說道。

然後就這樣，剛才那一瞬間像是凝結的空氣，又再度恢復流動。

尚恩向一旁站開，讓伊曼從他和愛琳之間走過。當伊曼和他擦身而過時，他們兩人的手背產生了一瞬間的碰撞。

尚恩忍住自己把手抽開的衝動，他不確定那是不是他的錯覺，還是伊曼在碰到他的那一刻稍微停頓了一下。

他看著伊曼把背包放到健身房的角落，然後和其他幾名舞者打了招呼。伊曼的聲音一如他平常習慣地充滿活力和愉快，當他轉過頭來對愛琳說話時，他的眼神從尚恩臉上掃過。他的一雙綠眼微微彎起，像是在對尚恩微笑。

這和他預想的反應不太一樣。伊曼並沒有散發出任何一點煩躁或不悅的氣息。如果他不是脾氣太好，就是太會演戲。但不管是哪一種，都使尚恩突然不知道該如何面對。

「所以，你打算要和我們一起運動嗎，尚恩？」伊曼對他說。「免費的健身房，不用的話有點太可惜了。」

「也許下一次吧。」尚恩對著自己身上穿的襯衫和牛仔褲打了個手勢。「這不在我今天的計畫中。」

至少他現在搞清楚一件事，他總算知道伊曼的好身材是從何而來的了。

Chapter06

當他看見尚恩出現在俱樂部的健身房門口時，伊曼懷疑自己這輩子從來沒有震驚過。嗯，或許不是最震驚的一次。沒有任何一件事能比得上高中的某一天，他在進家門的時候，聽見媽媽哭得沙啞的嗓音對他說：「你爸死了。」

但這扯得有點遠了。

伊曼不知道自己究竟該驚訝尚恩出現在俱樂部——他為什麼會在這裡？還是該擔心自己身為脫衣舞男的事情就此曝光。

只有一件事情他很確定。那股在他心底翻騰的羞愧感，使他無法直視尚恩的雙眼。

於是他垂下了視線。

他並不以自己的工作為恥，不。在這裡跳舞帶給他的快樂大得無法量化，而小費與薪資也帶給他還算不錯的經濟支持。如果離開這間俱樂部，他或許再兼兩份工作也無法達到同樣的收入等級。

他的羞愧感，是來自於一個更微妙的地方，就像是他小時候被媽媽發現在抽屜裡偷藏漫畫時，因為自己的謊言被識破而產生的難為情。

他這輩子少數幾次說謊，下場都是尷尬得無地自容的對質場面。所以伊曼很少很少說謊，真的，幾乎從來不說。

而這次，他很想要抗議，自己其實並不算說謊。真要說的話，他只是隱瞞而已。他發誓，他會對尚恩說實話的。等到他們的感情再穩固一點、再令他感到更安全一點，他就會坦白的。

伊曼從沒想到他的機會來得這麼快。

他感覺自己就像是再度回到出櫃時的那一刻，心臟在他的耳中怦怦直跳，幾乎使他什麼都聽不見。

而尚恩只是掛著那抹一如往常的微笑，帶著一絲戲謔的成分，專注地打量著他。

尚恩在想什麼？他會生他的氣嗎？

伊曼懷著忐忑不安的心情進入健身房。

「所以，你打算要和我們一起運動嗎，尚恩？」伊曼說。「免費的健身房，不用的話有點太可惜了。」

他小心翼翼地觀察著尚恩的表情。但是尚恩的面孔和平常一樣優雅而平靜，就連臉色都沒有一點動搖的樣子。如果他不悅，伊曼也一點都看不出來。

「也許下一次吧。」尚恩回答。「這不在我今天的計畫中。」

愛琳和舞者們個別說了幾句話，然後就將尚恩留給他們，自己離開了。

尚恩轉過身去，看著愛琳離去的背影。然後他走進健身房裡，將房間的門關上，靠著一旁的牆面席地而坐。

「你們的老闆看起來是不錯的人。」尚恩說。

「對。」傑夫回答。「她就像是這裡每個人的媽媽。」

「你如果當著她的面這樣說，小心她殺掉你。」趴在地上的尼克說。

「嗯，如果你們可以保密的話。」尚恩聳了聳肩，露出微笑。「她確實有讓我聯想到媽媽，我是說好的那種。」

克里斯爆笑起來。伊曼也跟著笑了，但是他更多的是感到恍然大悟。

在那些會讓伊曼感到困窘的場合中，尚恩向來都表現得泰然自若，例如和陌生人約會、例如在書店裡和素未謀面的顧客寒暄。尚恩身上帶著一種令人感到輕鬆的氛圍，他那種有點挖苦、又不時吐出一兩句自嘲的幽默感，使人好像很容易就和他熟稔起來。

伊曼先前沒有對他的人格特質有過多的猜測，他覺得尚恩是怎樣的人，這樣就夠了。但現在想來，他才覺得似乎一切都說得通了。

那種如同微風般輕巧的態度，以及讓所有人都覺得他是朋友的說話方式，或許正是他在夜店擔任DJ所養成的習慣。

「所以，尚恩。你和伊曼認識？」克里斯說。他挑起眉，瞥向伊曼。「我猜你們應該不是學校同事吧？」

嗯，該來的還是要來。

這群好事的舞男們在發現他們有私交之後，伊曼當然不至於幼稚地認為，這些傢伙會為了保留他的顏面而迴避不談。

「靠，當然不是。」伊曼喃喃說道。

「嗯，我們算是有業務上的交流。」尚恩柔聲開口。他對上伊曼的雙眼，好看的藍色眼睛微微彎起，像是在對他打什麼暗號。「他帶班上的小孩們來我的書店聽故事。我是負責說故事的店員。」

「一個書店店員兼職夜店DJ。一個小學老師兼職脫衣舞男。」傑夫評論道。「這世界上真是無奇不有啊。」

「哈、哈。」伊曼翻了個白眼，只想把頭塞到健身躺椅下。

「希望你不要被我們嚇壞，尚恩。」尼克說。「我們或許看起來很嚇人，但是在這裡，我們就是一個大家庭。」

「好吧，我覺得認真相信這件事的你比較恐怖。」伊曼說。

尚恩笑了起來，清脆的笑聲在空間不大的健身房中迴盪。

「我相信我會很享受在這裡工作的時間。」尚恩說。他的視線再度回到伊曼身上，對他眨了一下眼睛——伊曼不確定這是不是他自己想像出來的。「當然，下次我會帶適當的服裝來和你們一起運動的。」

克里斯正想要繼續說些什麼，健身房的門就再度打開了。

三名舞者走了進來，霎時間，所有的注意力都轉移到來者身上。伊曼走上前和每個人撞了撞拳頭、簡單的側身擁抱，其他舞者們也和前來運動的同事們各自打了招呼，傑夫則和一名叫薩特的舞者開始講起某個他們還沒結束的話題。

伊曼的眼角餘光打量了一下坐在地上的尚恩。只見他微笑地看著男人們寒暄和開玩笑的樣子，好像一點也不介意自己暫時成為背景。

伊曼拍了拍手。

充斥在健身房裡的談笑聲逐漸沉靜下來。

他伸出一隻手，對坐在地上的尚恩示意。「愛琳為我們找到了一個新的DJ，接下來，如果沒有意外的話，他會長期和我們合作。」

尚恩站起身，自在地把手放進口袋裡，用招牌的笑容說道：「嗨，我是尚恩。」

接下來幾名舞者此起彼落的驚呼聲，使伊曼忍不住放聲大笑。

和尚恩一起下班——這句話不管在嘴裡重複幾次，對伊曼來說都像是外星來的語言一樣詭異。在書店？也許吧。但是在俱樂部？

他大概還需要多幾天的時間才會習慣。

週一晚上的俱樂部一如往常的悠閒。客人數量少，因此整體的氣氛也較為輕鬆，舞者們甚至可以在轉換表演之際和台下的觀眾聊天。有些客人已經是熟面孔了，儘管伊曼不太確定在脫衣舞男俱樂部裡成為常客代表什麼意義。

嗯，但是他是誰？又有什麼立場去猜測別人的目的？

伊曼一眼就看見台下那個女孩清秀的臉龐。如果問他的話，他會說這女孩的年紀或許還不比他的妹妹大，但除非她拿的駕照是假的，否則她無論如何都已經超過二十一歲了。

伊曼早就認得她。她的同學們在去年為她辦過一場生日派對，就是在這裡進行的。她們特別在事前預約讓伊曼為她獨舞，她們說伊曼的長相和聲音都是她的天菜。獨舞的小費和演出費用都十分可觀，伊曼當然沒有理由拒絕。

女孩名叫珍娜，而在生日派對上，她顯然是靠著過量的酒精，才沒有在伊曼對著她大跳脫衣舞時當場昏厥過去。獨舞結束後，伊曼照著與她姊妹們的約定，為她親手戴上寫著生日的髮飾。

「生日快樂，小公主。」伊曼這樣對她說，只是為了把效果做足。

女孩們以尖叫聲回應他。

在那之後，珍娜就時常和朋友來光顧俱樂部。她們通常都玩得很嗨、很瘋狂，是伊曼以身為哥哥的身分會感到有點擔心的程度。

他並不擔心自己，因為他很早之前就知道他對女性的身體一點興趣也沒有。但重點是，觀眾們並不知道。而作為一位舞者，他覺得還是保持這樣的神祕感比較恰當。脫衣舞其中一個最重要的關鍵，就是強烈的性張力。如果他在工作上破壞了他與女性之間的吸引力（就算是假的也一樣），那對他的收入可不是好事。

今天的珍娜依然和朋友們盤踞在同樣的位置，小桌面上已經出現了好幾個空玻璃杯。當伊曼和她對上視線時，她便熱情地對伊曼揮了揮手。她的長髮在閃爍的燈光下反射著光芒，身上的小短裙幾乎都快要翻到大腿根部了。

伊曼忍住自己皺眉的衝動，只是朝她拋去一個微笑表示自己認得，並成功換得女孩們桌邊的一陣歡呼聲。

嗯，他衷心希望他的妹妹，沒有拿他給的生活費去製作假駕照，然後跑去夜店裡揮霍。

營業時間結束，舞者們上台來進行最後的謝幕。直到尚恩的音樂停止，天花板上的崁燈都打開後，觀眾們便彷彿從一場精彩的好夢中清醒過來般，站在原地茫然地愣了幾秒，隨後才跟著保全人員的指示，往入口的方向移動。

這是伊曼最喜歡的時刻之一——他喜歡想像這個俱樂部有某種魔力，能夠讓進來這裡的人都忘記時間、忘記自己是誰，而他則是在這裡施法的其中一名魔術師。而當指針指向凌晨兩點，音樂聲停止時，這一切就像是灰姑娘的南瓜馬車一樣，在燈光下恢復原狀。

伊曼來到DJ檯，看見尚恩正將圍住下半臉的布巾拉下。他微笑起來。

「這是為了製造神祕感嗎？」

「嗯，更像是避免被別人在書店裡認出來。」尚恩回答。

他的聲音聽起來不像是在生氣。伊曼得承認，今天一整個下午和晚上，這件事都在他的心底蠢蠢欲動，威脅著要動搖他的自信。

「可以理解。」伊曼說。他真的理解。

就像他在這裡工作以來，他一直都在祈禱，不要在觀眾席見到任何一個學校裡的面孔。就某方面來說，他的運氣還算不錯。

尚恩把自己放在DJ檯側邊的耳機拔了下來，掛回脖子上。伊曼把手插進口袋裡。此時他已經沖完澡，套上簡單的素色T恤和工作褲，頭髮也隨意推到腦後、用髮夾固定。他想要問尚恩問題，但是他一時之間拿不定主意要怎麼開口。

「所以……」尚恩轉過身來面對他。「你有話要跟我說嗎？還是你只是想要站在這裡看我？」

「嗯，有。」伊曼感覺到自己的臉頰升溫。「如果你不介意的話，我在想……我們要不要找個地方聊聊？」他壓低聲音。「你知道，我有些事想要和你說。」

「我還在想你打算什麼時候開口。」尚恩勾起嘴角。「你想要去哪裡？你家？或是我家？」

伊曼一時語塞。事實上，他本來想的是附近二十四小時營業的鬆餅店。

尚恩挑起眉，表情變得有些捉狹。

「你知道嗎，你看起來這麼難為情的樣子，我都快要懷疑你是處男了。」

「嗯，但你也知道不是。」伊曼回答。

伊曼看著他走來，直到幾乎要與伊曼的身體相撞。尚恩把嘴巴湊到伊曼耳邊。「那就我替你決定吧，今天晚上來我家。」他的聲音低得幾乎不可聞。「我也有些話要和你說。」

尚恩的鼻息輕搔著他的耳廓，使他的頭皮一陣發麻。

儘管伊曼知道這樣真的很丟臉，但他懷疑自己嚥口水的動作大得肉眼可見。

「好。」

「我把地址傳給你。」尚恩輕聲說。「你再過十分鐘之後開車過來。」

說完，尚恩就往後台的方向走去。伊曼目送著他的背影，直到他消失在後台的布幕後方。

不知道為什麼，伊曼突然覺得自己好像一隻快要走進虎口裡的羊。

但更讓他意外的是，他卻一點也沒有想要逃走的意思。

伊曼開著車，進入尚恩的公寓社區中庭。他照著尚恩傳給他的地址，來到三十四號的三樓。當他看見門前的腳踏墊時，他便忍不住笑了起來——上面寫著兩大字「滾蛋」。

伊曼猶豫了一下自己該敲門還是傳簡訊，但最後，他還是決定採取老派一點的做法。

他輕敲了木門三下。門裡傳來拉開鏈條的聲音，然後門便朝內打開了。

尚恩的脖子上掛著一條毛巾，正好遮到他的胸口，下半身穿著一條短褲。他的頭髮還滴著水，而伊曼注意到，他已經戴上了那副黑框眼鏡。

「手腳真快啊。」尚恩咧嘴一笑。「幸好我的沖澡速度更快。」

伊曼強迫自己把視線從他的鎖骨和脖子交界處轉開，難為情地勾了勾嘴角。

「呃，嗨。」他說。

尚恩向後退開一步，讓伊曼走進房裡。

「自便吧，就當自己家。」尚恩在他身後關上門，一邊說道。

伊曼應了一聲，一邊環顧了一圈四周。如果不知情，從尚恩家的擺設，根本不會聯想到他是在夜店派對工作的DJ——不，應該說，他就是派對本身。但是他的公寓一點也不像是派對核心人物會有的樣子。

尚恩的客廳裡沒有主燈，只有角落的一盞落地燈亮著。伊曼舉目望去，他的客廳裡擺滿了書和音樂專輯。在圍繞著牆壁擺放的書櫃前方，擺了一張低背的黑色沙發，一張簡單的茶几。伊曼可以在書架上看見幾張他認得的專輯封面，像是愛黛兒的《二十一歲》，還有寬限三天樂團的第一張同名專輯。

「寬限三天。」他吹了一聲口哨，轉過頭，對著尚恩唱了起來。「『我討厭關於你的一切，為什麼我還愛你？』對吧？」

話一出口，他就後悔了。靠，靠。哪一首歌不好選，他就偏要選這一首？伊曼只想鑽到沙發底下躲起來。

尚恩當然不可能放過他的這個小失誤。他放聲大笑。

「這是我們接下來這場談話的背景音樂嗎？」尚恩說。「嗯，那我覺得我們好像已經談完了。」

「呃，我不是——」

「坐吧。」尚恩說。他往廚房的方向走去。「想喝點什麼嗎？你要開車的話，我猜你就不喝酒精飲料了？」

伊曼照他說的做了，在沙發的一端坐下。他瞇起眼看著尚恩。不知為何，他總覺得尚恩話中有話，好像隨時都在等他踏入陷阱似的。

「嗯，我也可以在這裡過夜。」伊曼試探性地回答。「我是說，當然，我明天早上還要上班……」

尚恩從冰箱中拿出兩瓶啤酒，在手中晃了晃。百威的淡啤。嗯，他還是看不出這是不是要留人下來過夜的意思。畢竟，雖然這不值得炫耀，但要讓他微醺到無法開車的地步，可能需要酒精量更高的一點選擇。

「那麼我們就自由了。」尚恩邊說邊抓起一旁的開罐器。

他將開好的啤酒拿到伊曼面前，在沙發的另一端就座。他拉起毛巾的一角，擦了擦快要滴進眼裡的水珠。

伊曼喝了一口啤酒，看向尚恩，然後又轉向他的早餐吧檯。昏黃的燈光，使伊曼覺得像在夢境中。他可以感覺到尚恩的目光落在他身上。他瞥了尚恩一眼，只見他自在地靠著沙發扶手，啜飲著啤酒。

發現伊曼在看他的時候，尚恩露出一抹微笑。

他在等他開口。靠。

沉默的空氣在兩人之間逐漸凝結。然後伊曼再也忍不下去了。

「聽著，我很抱歉。」伊曼脫口而出。

「抱歉？」尚恩說。「為什麼？」

「我知道我現在說什麼都很像在找藉口。」伊曼感覺到他的臉頰開始升溫。「你或許早就已經判我出局了，但我還是覺得我該和你解釋——我並不是為了要欺騙你，才隱瞞我的工作。不過無論如何，這都是我不好。很抱歉。」

尚恩不置可否地應了一聲，吐出一口長氣。他調整了一下坐姿，傾身靠向伊曼。

「嗯。」他說。「我們算是扯平了，對吧。我是說，我也沒有告訴你我的小兼差啊。」

伊曼頓了頓。他說得沒錯。「對。」他承認道。「總之……」

「我可以理解。」尚恩說。「在夜店駐點——這也不是什麼傑出的職業選擇。你是小學老師，你知道我為什麼不想告訴你吧？」

「因為你擔心我會對你有偏見。」伊曼對上他的視線。

尚恩微微一笑。

是的，就某方面來說，尚恩的處境確實和他一樣。尚恩的約會經驗顯然十分豐富，伊曼完全可以想像，許多對象都會對他的工作敬謝不敏，所以尚恩可以理解他的顧慮。

而尚恩並沒有生氣。他沒有打算要一走了之，也沒有打算要報復他。

打從他在俱樂部裡見到尚恩的那刻起，就在心中堆積的緊張感，此時突然全部蒸發了。

他感覺到一股笑意從他的胸膛升起。

「而你是書店店員。」伊曼說。「我實在無法告訴你，我平常最大宗的收入來源，是靠著在舞台上脫衣服賺來的。」

他知道他這麼說聽起來很不對勁，好像這是什麼見不得人的工作似的。但是他不知道他該怎麼說才不會像是在自我捍衛。

「我們一個是在書店上班的夜店DJ，一個是在小學當老師的脫衣舞男。」尚恩吹了一聲口哨。「多配啊。」

伊曼不確定他是不是在挖苦，但是他一點也不介意尚恩有點刺人的幽默感。在他的想像中，尚恩的反應比這要可怕無數倍。現在的狀態，對他來說已經像是天堂了。

「嗯，所以，他們才說別以貌取人，對吧？」伊曼說。

「說到以貌取人。」尚恩對他揚了揚下巴。「嗯，看看你藏在衣服下的身材。那實在稱不上低調。」

「我猜是吧。」

「所以，我也是。」尚恩說。「我很抱歉。我沒有一開始就對你坦誠。」

「你沒有義務這樣做。」伊曼回答。「呃，我是說，如果我們想要更進一步發展的話，當然需要對彼此更誠實，對吧？但是——」

他硬生生地停下話頭，把酒瓶塞進嘴裡，喝了一大口。更近一步發展？他聽起來就像是要把性行為留到婚後的老處男。他到底在胡說什麼？

「我猜，現在應該是時候問你在俱樂部工作的原因了。」尚恩說。他摘下眼鏡，連同酒瓶一起輕輕放在茶几上。他把鼻尖湊向伊曼的臉，藍色的眼睛來回打量著他。「但是我不想問。」

「為什麼不？」

伊曼忍不住嚥了一口口水。

「我們的時間有限。」尚恩柔聲說。

一綹潮溼的金髮落在尚恩的前額，伊曼忍不住伸手將它撥開。尚恩的睫毛微微一顫，視線向下掃去，落在伊曼的嘴唇上。

尚恩靠上前來，溼潤的雙唇幾乎就要與伊曼的相貼。與尚恩如此貼近的距離，使他的身體就像受到靜電吸引般，皮膚一陣酥麻。

「那些背景故事可以留到以後再說。」尚恩的聲音輕得幾乎不可聞。「你明天一早還要去學校。」

然後伊曼就失去了回答的能力。

尚恩的吻溫柔而綿長，就像在品嚐著某種滋味。伊曼抓住他的肩膀，將他拉近。

他的手撫過尚恩裸露的皮膚，光滑而柔軟。他的指尖順著尚恩的手臂向下探索，來到他的腰際。

尚恩的呼吸顫抖了一下，變得粗重。伊曼可以感覺到他的動作逐漸熱烈起來。

伊曼向後退開一點，將自己的嘴唇抽離。「你想要在沙發上做嗎？」他的聲音有點沙啞。「或者……」

「臥室可能更好。」尚恩輕聲說道。

他從沙發上站了起來，毛巾滑落在地上。伊曼可以清楚看見他的短褲下，他的欲望正迫不及待地表達自己的存在。而伊曼自己也沒有多冷靜。

「跟我來。」尚恩對他伸出手。

伊曼順從地照做了。

在尚恩的帶領下，兩人進入客廳另一端的房門內。尚恩扭亮床頭的小燈，使沒有鋪整齊的被單籠罩在昏黃而舒適的光線之中。

「坐。」尚恩說。

伊曼在床沿坐下，伸手想要將他往身上拉過來。但是尚恩似乎有別的主意。尚恩將自己的身體卡進伊曼的雙腿間，跪了下來，然後伸出手，覆上他的褲襠。

「尚恩……」伊曼感覺自己屏住氣息。

尚恩靈巧地解開他褲頭的鈕釦和拉鍊，然後用手指勾住伊曼的四角褲鬆緊帶。

當他半勃起的陰莖暴露在兩人之間時，伊曼突然感到難為情得無地自容。尚恩修長的手指輕輕握住他的器官根部，白皙的皮膚和伊曼形成鮮明的對比。他好想轉開視線，看著眼前的畫面似乎像是在褻瀆什麼——但他的雙眼就像著了魔般，無法從尚恩的臉上移動。

隨著尚恩的手指輕柔地套弄了幾下，一股熱血往他的下腹湧去。伊曼深吸一口氣，看著自己的陰莖在尚恩的手中變得更加硬挺。

尚恩抬起眼，隔著睫毛望向他。然後他微微一笑。

他伸出舌尖，蜻蜓點水地在伊曼的陰莖頂部繞了一圈。伊曼渾身一顫。

「我有告訴過你嗎？」尚恩說。「我喜歡你的味道。」

然後他便張開嘴，將伊曼的男根含入口中。

溼潤而溫暖的空間包覆著他，使伊曼忍不住閉上眼，仰起頭。有個柔軟的東西圍繞著他的龜頭冠打轉。是尚恩的舌頭。他的舌尖靈巧地撫弄他的頂端，在凹槽的周圍挑逗著。

伊曼的手落在尚恩的溼髮上。他顫抖地吐出一口氣息，睜開眼睛。

尚恩正看著他。他的嘴唇包覆著伊曼碩大腫脹的陰莖，專注地吞吐。他的速度不快，幾乎到了折磨的程度，他吸吮著、用舌頭抵住伊曼的側邊，強烈的刺激令伊曼感到頭暈目眩。當他的陰莖抵到尚恩的喉頭時，伊曼忍不住倒抽一口氣。

尚恩的雙眼因欲望而迷茫，浮著一層水氣。他微微皺著眉頭，試著壓下喉頭收縮的生理反應。在伊曼的手掌下，他的頭髮凌亂地落在額前，使他看起來更加性欲高漲。

「你不需要這樣做，真的。」伊曼說。但他的聲音聽起來毫無說服力。

尚恩沒有回答，他只是加快了吞吐的動作。

溼潤的聲音和伊曼粗重的呼吸交織在一起，在安靜的房間中聽起來更加淫穢。伊曼看著他泛紅的雙頰。他的手緩緩撫上尚恩的臉。

尚恩的反應就像是下意識的。他閉上眼，將臉頰更加靠向伊曼的手掌。他的嘴角發出輕微的哼聲，像是得到主人寵愛的小狗。

他喜歡這樣。

伊曼的腰無法克制地向前擺動。他還想要更多，想要把自己更深入尚恩的口中，想要讓尚恩發出更多的呻吟——

「乖孩子。」他低聲說。「你做得很好。」

尚恩低吟出聲，吞吐的速度變得更快。

不，這樣不妙。伊曼咬緊牙關，在心中警告自己。還沒，他還不想結束。他抓住尚恩的肩膀，輕柔但堅定地將他向後推，阻止他的動作。

尚恩睜開眼，舔了舔嘴唇。他的雙唇因摩擦而變得腫脹紅潤，伊曼溼潤的陰莖在兩人之間顫動。

「我還不想射。」伊曼告訴他。「我還想要做一些別的事。」

尚恩嚥了一口口水。

「那你想要做什麼？」

比起疑問，這句話聽在伊曼耳裡，更像是邀請。

伊曼拉起他，將他推到床上。

「嗯，我們的時間有限。」伊曼低聲說。「所以我不想搞得太複雜……」

他把手探進尚恩的短褲內。尚恩硬挺的器官熱切地回應他的碰觸。

「噢，伊曼……」尚恩發出一聲嘆息。

伊曼握住他的陰莖，然後俯下身，吻上尚恩柔軟的唇瓣。

Chapter07

尚恩睜開眼睛時，他覺得自己從一場好美的夢中醒來。夢中，一隻強壯的手臂橫跨在他的胸口，沉甸甸的重量無比真實，而他一點也不介意。如果他深呼吸，他還能聞到昨天與他同床共枕的男子身上的香氣。身邊床被上殘留的體溫，也還沒有完全冷卻。尚恩翻過身，吐出一口嘆息。

如果能在那場夢境中停留久一點就好了。

一股溫暖的氣息輕搔著尚恩的鼻尖，使他皺了皺眉。

他模糊的視線中出現一張俊美的臉。他眨眨眼睛，視線逐漸對焦。

伊曼正面向他，粗濃的睫毛因為眼皮的抽動而發顫，他的身體隨著平緩的呼吸規律起伏。他的鬈髮散落在枕頭上，陽光從窗簾的縫隙之間透進房內，使他的髮絲反射著光澤。他寬厚的肩膀裸露在被單外，在早晨的光線中，他的膚色看起來就像牛奶巧克力。

尚恩不確定自己究竟這樣看著他多久。他只知道，他很想要伸手碰觸他的臉龐……

等等。現在到底幾點了？

他伸出手，想要拿取在床邊櫃上的眼鏡或手機。但是他胡亂摸索了一陣，卻兩者都沒有找到。

他的手機和眼鏡去哪裡了？

「喔，靠。」尚恩低聲說，一手遮住眼睛。

他現在想起來了。

昨天晚上，在他和伊曼結束那場性愛之後，他累得連站起來沖洗都想直接跳過。他也不是沒有睡醒之後再清洗的經驗。但在伊曼的堅持下，尚恩還是勉強和他一起擠進小浴室裡。他們兩人在浴室裡顯得有點笨拙、到處碰撞，但是這對尚恩來說只是有趣而已。

然後他們一起回到床上，伊曼攬著他的腰，尚恩把頭靠在他的肩膀。他不太確定他們最後說了些什麼，但是他想他們一定是睡著了——而他的手機和眼鏡都還在茶几上。

靠。

他從伊曼的手臂底下爬了出來。他的動作驚動了還在沉睡中的伊曼，使他發出一聲低哼。但伊曼只是翻過身，眼皮輕輕動了一下。

尚恩猶豫著要不要叫醒伊曼，他對自己自然醒的時間有一股不太好的預感。

他從地上撿起內褲胡亂套上，然後瞇著眼前往客廳。他抓起茶几上的眼鏡，然後看見桌面上躺著兩支手機。

尚恩點了一下自己的手機螢幕。

早上十點三十一分。他不知道自己該不該笑。

他拿起伊曼的手機，回到臥室裡。

就在他準備叫醒床上的男人時，伊曼的那支手機震動了起來。螢幕上是一個男人的名字。尚恩猜想，那應該是伊曼任教學校的其中一名教職員。

但他決定貫徹自己一貫的幽默感。

他用手機戳了戳伊曼的肩膀。

「唔……」伊曼緩慢地撐開一邊的眼皮，好像還沒有意識到發生了什麼事，也還沒有意識到尚恩的存在有什麼不對。他含糊地說：「什麼？」

「早安。」尚恩微笑。「有個男人打電話給你。」

「什麼？」

他皺起眉，雙眼似乎還沒有恢復對焦。他瞇起眼，茫然地接過尚恩遞給他的手機。當他看見螢幕上的名字時，他整個人突然像是觸電一般，從床上彈了起來。他的動作太過戲劇化，使尚恩忍不住笑了起來。

「靠，靠，靠。」伊曼低聲咒罵，看著手機的眼神像是在猶豫該不該把它扔到房間的另一端。

撥號的男子切斷通話，手機上出現了一則未接來電的通知。或者說，又一則。從尚恩的角度不確定伊曼的螢幕上到底有幾則通知，但是顯然不少。

伊曼向後倒回枕頭上，用手摀著臉，發出一聲悲慘的哀嚎。

「那是你的正宮男友嗎？」尚恩說。「如果是的話，我現在給你機會趕快離開。在我改變心意之前。」

「相信我，你不會想要跟東尼約會的。」伊曼的聲音聽起來無比鬱悶。「他是一個已婚、有三個小孩，還有一個德國老婆的中年男子。而且他是我們學校的校長。」

「噢。」尚恩說。他憋著笑意，指了指伊曼手中的手機。「那我覺得你還是盡快回撥比較好，我猜他應該快要急死了。」

伊曼的手臂重重摔在一旁的床鋪上。「我想也是。但是在那之前……」他的視線轉向站在床邊的尚恩，露出一個哀傷的笑容。「早安，尚恩。」

尚恩在床上坐下，背靠著床頭板，聽伊曼回撥給東尼校長，然後支支吾吾地告訴他，自己上吐下瀉，所以今天必須請假。

他挑起眉，而伊曼像是被燙到似地瑟縮了一下。他聽起來實在太像在說謊了，尚恩懷疑校長先生到底會不會買帳。

但就算校長不相信，他似乎也沒有在電話中多說什麼。尚恩聽著伊曼向對方道歉，然後保證自己明天一定會準時到校。

等到通話結束，伊曼重重嘆了一口氣。

「我發誓，我真的很不會說謊。」伊曼說。「我不希望你對我產生錯誤的印象，但是……」

「嗯，我也是這麼想。」尚恩回答。「如果我是小學校長，這種程度的謊言，我應該聽得很多了。」

「但我能怎麼辦？」伊曼垮著嘴角，瞥了尚恩一眼。「我總不能告訴他，我晚上在跳脫衣舞，又和一個男人打炮打到半夜吧。」

尚恩衡量了一下。他覺得作為一個娶了德國老婆的男人，東尼可能還比較想聽到腸胃炎的藉口。

「有道理。」尚恩說。他把落進眼睛裡的髮絲撩開，然後看向伊曼。「所以……我們現在要做什麼？吃早餐？出去慢跑？還是再來一炮——」

伊曼露出微笑。「早餐聽起來不錯。你今天要去書店上班嗎？」

「我猜我也得請假了。」尚恩翻身爬下床。「就說我被傳染了腸胃炎，如何？」

伊曼放聲大笑。尚恩喜歡他發自丹田的笑聲，低沉而響亮。

就在尚恩準備走出房間時，伊曼突然喊了他的名字。他停下腳步，回頭看了伊曼一眼。

伊曼對他揚了揚下巴。「我不想破壞你的興致。但是，你穿成我的內褲了。」

尚恩為兩人做了簡單的早午餐，火腿生菜三明治、煎蛋，還有一人半顆蘋果。他們也已經換回正確的內褲，穿上整齊的衣服，一切都很完美。

「希望這不會破壞你的健身菜單。」尚恩說。

伊曼只是略顯尷尬地看了他一眼。

尚恩在茶几邊的地面上坐下，看著坐在沙發上的伊曼。他叉起一塊煎蛋塞進嘴裡。

「所以。」尚恩說。

「所以。」伊曼說。他咬了一口三明治，然後把吐司放回盤子上，嘆了一口氣。「我知道，我們有些背景故事要說，對吧。」

「我是說，如果你不介意的話。」

尚恩不是那種習慣逼迫別人說故事的人。他更傾向相信，如果對方願意對他坦白，他就會自己開口。而如果他不願意說自己的事，那這也透露出不少資訊。他和伊曼也許在肉體上有了不少認識，但他對伊曼這個人還有很多疑問。

例如，伊曼會怎麼面對兩人之間精神上的親密時刻？

「嗯，其實我的故事很無聊。」伊曼說。「我是說，城市裡的脫衣舞男們，你隨便找幾個來，或許都有差不多的人生。」

「但是那些人跟我沒什麼關係。」尚恩回答。「我想聽你的版本。」

伊曼輕笑了一聲。「當然。」他想了一下，然後開口。他有些猶豫的口氣，顯得小心翼翼。「如果長話短說的話，我爸在我高中畢業的時候過世了。我需要負擔家裡的房貸、弟妹的學費，我媽的救濟金只能當作生活費。然後跳脫衣舞真的很好賺。」

尚恩眨了眨眼。如果是這樣，尚恩或許可以理解伊曼不想提的原因。在夜店的場合來來去去這麼久，尚恩當然也聽過許多賺人熱淚的淒慘故事。許多在酒吧裡當服務生的人，也都是看上高額的小費才來的。

「那如果是短話長說的版本呢？」尚恩問。「這中間感覺少了很多東西。」

「是沒錯。」伊曼說。他佯裝思考的模樣，開始數起自己的手指。「讓我想想，我省略了我媽受傷丟了工作的部分，還有我大學畢業後必須立刻找到工作，所以我就來這間小學教書的事。其實也沒有很多。」

尚恩挑起眉，看著他。

「看吧，我告訴你了。」伊曼說，一邊短暫地撇開視線。「我的故事很無聊。我通常不會和別人說這些事，尤其是約會對象。」

「所以，讓我搞清楚一件事。」尚恩緩緩地開口。「基本上，你的家人們，就是靠著你當小學老師的薪水、還有在俱樂部跳舞的小費在養。」

「嗯，準確來說，我媽還有救濟金。」伊曼說。「所以也沒有你想像得那麼多。」

現在，尚恩知道為什麼伊曼家都是便宜或免費的二手家具了。他以為伊曼只是喜歡老東西的年代感和故事性，但此刻，他突然產生一股近似於羞愧的感覺。伊曼比他以為的要實際多了——他只是因為沒錢而已。

「你是加州人嗎？」尚恩問。「我是說，你是為了……有更多發展才來洛杉磯的嗎？」

伊曼笑了。「我是在加州出生的。距離洛杉磯不遠，就在聖塔克拉利塔。」他說。

「小鎮男孩。」尚恩吹了一聲口哨。「我喜歡。如果是來自底特律，就更好了。」

「『別停止相信』。」伊曼哼起那首經典老歌的副歌第一句。「聰明。」

伊曼的肩膀明顯地放鬆下來，剛才瀰漫在空氣中的一絲尷尬氣氛消失無蹤。尚恩暗自鬆了一口氣。伊曼再度拿起三明治。

「高中畢業，我就來這裡了。」他說。「UCLA 有很好的獎學金制度。你可能不會相信，但是當時我可以幾乎免費地把大學唸完。學校和附近的校區合作，幫助畢業的新人教師立刻進入教職工作。所以現在你知道，為什麼我會去當小學老師了。」

「為了大學文憑，還有後面一整套的就業計畫。」尚恩說。只是你幾乎算是簽了賣身契，他心想，就和你開始跳脫衣舞一樣。

「對。」伊曼歪嘴一笑。「幸好我不討厭小孩。」

尚恩用叉子撥弄著盤裡的水果。如果當時有別的選擇，他想知道伊曼會追求什麼。他現在在做的兩件事，都是在命運的要求下所做的決定。如果他有更多自由，他還會來這裡嗎？

「那你的媽媽，還有你弟妹。」尚恩說。「他們現在怎麼樣？」

「他們很好啊。」伊曼說。「有地方遮風避雨，我弟今年要高中畢業。明年我妹也要畢業了。一切都好。」

尚恩抬眼看了他一眼。伊曼的口氣中有著一點什麼，使他覺得有哪裡不太對勁。但他無法指名那是什麼情緒。

伊曼掏出手機，滑開螢幕。尚恩靜靜地等著，直到他把手機轉過來，推到尚恩面前。

「這是我媽、我弟和我妹。」伊曼說。

螢幕上是三個人站在一間小房子前。房子有一扇紅色的正門，小小的窗台上種滿了花朵，而畫面中的中年女子正用雙臂攬著兩名子女，三人露出燦爛的笑容。

這是一幅美麗的家人合照，雖然伊曼不在其中，但是這張照片顯然是他拍的，畫面有些晃動，房子的屋頂因為拍照角度的關係超出了取景範圍，三人腳前的地面範圍也有點太大了。

尚恩皺了皺眉。不知為何，他總覺得這張照片看起來有哪裡不太對……

「他們是白人。」尚恩輕聲說。他不需要說更多了。

伊曼聳了聳肩，露出一個有點難為情的微笑。

「我是我爸第一段婚姻的孩子。」伊曼說。「而他們是我繼母第一段婚姻的孩子。我們家是個重組家庭。」

「所以。」尚恩緩緩地說。「你其實是在養三個和你完全沒有血緣關係的人。」

「技術上來說，是這樣沒錯。」伊曼承認道。「但你知道，他們是家人。所以我盡可能不去想這件事。」

尚恩垂下視線，靜靜地吃著盤裡的食物。不知為何，他的肚子深處有一股令他不太舒服的東西在攪動著。他不太確定那是什麼感覺，但他知道自己在現在的狀態下，可能說不出什麼好聽的話。為了他們兩人好，他最好先保持安靜。

一股沉默籠罩著客廳，兩人只是各自朝著早餐進攻。空氣中只有餐具碰撞和偶然的咀嚼聲。

最後，伊曼終於開口。「抱歉。」他說。「我不該說這麼多的，對吧？」

「不。」尚恩小心地斟酌著用字。「我很高興你告訴我。」

「嗯，但你看起來實在稱不上高興。」伊曼試探性地開玩笑道。

尚恩勾起嘴角。「但原因可能跟你想的不一樣……」他猶豫了一下，決定不要繼續說下去。他還不確定自己究竟在為了哪個部分不悅，所以在他想清楚之前，他需要先轉移話題。「我只是覺得，在聽完你的故事之後，我的就相形失色了。」

「我洗耳恭聽。」伊曼說。「偉大的尚恩·葛林有什麼不為人知的過去？」

「讓我想想，該從哪裡開始說呢？」尚恩抬起眼看向天花板，然後再度看回伊曼的臉上。「一切都是始於一個不知感恩的兒子，忤逆自己的基督徒父母和上帝的旨意……」

伊曼翻了個白眼。「噢，天啊，別告訴我——」

「他的出櫃就像一顆震撼彈，把他的家庭關係炸得支離破碎。所以他從土爾沙的鄉下小鎮跑到燈紅酒綠的洛杉磯，從此開始在夜店之間流連忘返。」尚恩憋著笑意，打量伊曼的表情。「聽起來怎麼樣？」

「如果這不是你編出來的狗屁故事，那我會真的很不爽。」伊曼回答。「反正奧克拉荷馬配不上你。」

「這我就不知道了。」尚恩說。「但是我很確定我爸媽覺得我配不上他們。」

直到現在，尚恩都還不知道他們對他有什麼想法，他只能確定他們兩人都還健在——事實上，他懷疑，就算他們過世了，他也不會收到通知。他們大概不會希望自己的同性戀兒子出現在舉辦告別式的教堂裡。

他已經離家將近十年，奧克拉荷馬州的小土爾沙市在他心中已經成了一張泛黃的照片。

他並不想家。只是有時候仔細想想，洛杉磯似乎也不像他的家。

說來好笑，洛杉磯中，讓尚恩最有歸屬感的地方，除了和他過夜的男人臂彎之間，就是各家夜店的DJ檯。但這些話，他並不打算告訴伊曼。

「你有和他們談過嗎？」伊曼問。「我是說，在你離開之後？」

尚恩聳聳肩。「不算有。我是說，他們一開始以為我只是在經歷一個『階段』，你知道嗎？」

「懂。」伊曼莊重地回答。

「他們以為等我想清楚之後就會悔改、然後回家了。他們那時候還會打電話給我……」尚恩微微一笑。「但那是七、八年前的事了。」

伊曼愣了一秒，但接著，他就搖頭笑了起來。

「該怎麼說呢？」伊曼說。「我們真的是天生一對？」

尚恩挑著眉，等待他繼續解釋下去。

「我自己也已經七、八年沒有回家了。」伊曼說。

「聖塔克萊利塔就在洛杉磯西北邊。」尚恩的嘴角一歪。「你比我罪加一等。」

「我猜是吧。」

但是尚恩可以理解他為什麼不想回去。就算伊曼沒有說，他也想像得到，那個家對他來說就是一個黑洞。它正在吸乾伊曼身上的一切，不管是經濟還是精神。

尚恩放下叉子。

他聽過許多賺人熱淚的悲慘故事，他的約會對象中也不乏將自己塑造成可憐人、想要騙取他人同情的混蛋。但是尚恩感覺得出來，伊曼並沒有想要用他的故事交換尚恩的任何東西。

尚恩伸出手，越過桌面，搭在伊曼的膝蓋上。

「我們是兩個在洛杉磯流浪的旅人。」他說。「就某方面來說，也是滿浪漫的，你不覺得嗎？」

「嗯，我不會用這麼文藝腔的方式來形容。」伊曼微笑。但他的手覆上了尚恩的手指。

他們的眼神在半空中交會，而好幾秒過去，沒有一個人轉開視線。尚恩感覺到自己的臉頰開始微微升溫，但並不是因為任何一絲的肉體情欲。他們的身體以最不帶性暗示的方式接觸著，但不知為何，尚恩覺得這一刻，比他與過去任何對象，甚至比他在認識伊曼後的所有碰觸，都來得更加貼近。

伊曼的綠眼睛彎起一個溫柔的弧度，使尚恩的胸口一緊。

時間彷彿停滯了下來，尚恩覺得自己像是要被那抹綠色吸入其中。然後伊曼輕輕拉起他的手，把他的手指湊到嘴邊。伊曼的嘴唇擦過他的指關節，柔軟而溫熱。

尚恩嚥了一口口水，然後才意識到，自己不知道屏住氣息多久了。

伊曼的手一鬆開，尚恩立刻就把手收了回來。他端起眼前的兩個空餐盤，轉身往廚房走去。「很棒的午餐約會，我喜歡。」他挖苦地回頭看了伊曼一眼。「多虧了你的上吐下瀉。」

尚恩走進廚房，打開水龍頭。他專心地清洗著不算太油膩的盤子，把所有的精力都放在對付那些麵包屑上。

不妙啊，不妙。他很想要用自己一貫的戲謔態度來化解剛才的氣氛，但是他懷疑自己做得非常失敗。

這和他以往的戀愛經驗都大不相同。他太習慣遇上那些需要讓他追著跑，卻從來都不願意回頭看他一眼的對象了。而現在當伊曼真正開始在回應他時，他反而不知所措。尚恩．葛林讓自己陷入了什麼麻煩？

輕巧的腳步聲從廚房外逐漸接近。尚恩告訴自己不要抬頭。

伊曼厚實的身體出現在他身邊，而就算不看，尚恩身上的每一吋肌膚似乎也都感覺到了伊曼的吸引力。他的後頸一陣發麻。

一雙手臂從後方環住他的腰，然後他就被伊曼的體溫所包圍。結實的胸口輕貼著他的背，使尚恩得不斷警告自己，別往後靠。

「你讓我很難做事，你知道嗎？」尚恩說。

「那就別做了。」伊曼帶著笑意的聲音在他耳邊響起。「我可以等一下來洗。」

尚恩沒有回答，只是用冷水繼續沖著自己的雙手。

他希望伊曼無法從背後感覺到他的心跳有多麼失控。

Chapter08

尚恩不確定事情算是急轉直上，或是急轉直下。或許要看這個句子的主詞是他們的感情，或是尚恩的心。

他們的日子進入一種全新的平衡，一種尚恩感到陌生至極的平衡——而尚恩既好奇又遲疑地觀察著這一切。

在尚恩以往的經驗裡，現在差不多是他和對方的關係要開始崩塌的時候了。每一次都是這樣，那幾乎已經是一個公式。他和一個男人一拍即合，他們進入看似熱戀的狀態，尚恩逐漸陷入感情的泥沼，然後男人發覺自己玩膩了，決定抽身。

但是在伊曼身上，尚恩似乎還沒有觀察到那些跡象。回覆訊息的時間拉長、訊息的句子變短，或是用各種藉口拒絕見面。尚恩小心翼翼地觀察著伊曼。如果他們落入以前的那種模式中，尚恩就要當第一個發現、第一個喊卡的人。

不過，如果真要說，伊曼似乎只有越來越熱情的趨勢。

尚恩不知道他要怎麼看待這種關係，這不是他習慣的感情發展套路。

當尚恩第一次在書店前看見伊曼的座車時，他的第一個反應是認為，伊曼是要來和他談分手的。雖然他們甚至連分手都還稱不上，畢竟他們還沒有真正談過這件事，也還沒有確認關係。

但是還有什麼事情，是值得他這樣專程跑到他工作的地方來呢？尚恩拿著自己的背包走出店外，然後彎下身，敲敲伊曼的車窗。

窗戶緩緩下降，露出伊曼那張俊美的笑臉。尚恩看著他潔白的牙齒。嗯，他應該不是要來道別的。

「你忘了什麼東西嗎？」尚恩問。

「什麼？」伊曼大笑。「我是來載你去上班的。上車吧。」

尚恩挑起眉。「我不記得我有要你來載我啊。」

「我只是想說，我們既然在同一個地方工作，又剛好順路，你知道……」

對，當然。從他的公寓出發，伊曼得先開十五分鐘的車來到「布克先生」書店，然後再開半小時去A區。如果他覺得這樣叫做順路的話。

「你沒有說服到我喔。」

「好吧，好吧。」伊曼嘆了一口氣。「那請你告訴我，一個男人想要載他喜歡的男人去上班，好讓他們多半小時的相處時間，這樣算是犯罪嗎？」他對尚恩揚起下巴，眼神挑釁。

尚恩忍不住嘴角的笑意。「一點都不算，先生。」

他拉開車門，爬進駕駛座。

A區的其他舞男們，對於他們兩人時常一起出現的事實，似乎沒有多做他想。就算有，他們也沒有告訴尚恩。

很多時候，尚恩和伊曼都是除了愛琳之外，最早出現在俱樂部的人，因此在其他舞者出現之前，整個健身房和後台都是屬於他們的。

尚恩喜歡趁四下無人的時候捉弄伊曼——例如在大片的連身鏡前和伊曼接吻。

「尚恩，這樣太危險了。」伊曼喘著氣，背貼著鏡面，眼神瞥向健身房的入口。

「如果其他人剛好開門的話——」

「那你可以推開我。」尚恩微笑，然後再度湊上前，含住伊曼的下唇。他的手伸進伊曼輕薄的背心下，手指輕巧地沿著他結實的腹肌移動。

伊曼氣急敗壞地哼了一聲，但是他當然沒有推開尚恩。尚恩的手繼續向下，探進伊曼的褲襠。伊曼鼓漲的器官在他的指尖挑逗下，一陣陣輕顫。

尚恩好想要把他的褲子拉下來，想要把他的陰莖含進嘴裡——光是用想的，他就感覺自己的唾沫開始大量分泌。他也說不上來這究竟是出自於他自己的性欲，或者是其他別的原因。

然後尚恩聽見門外的走廊上傳來其他舞者們的笑聲。

「你的兄弟們來了。」他在伊曼耳邊低聲說，一邊用舌頭輕舔他的耳垂。

「去你的，尚恩。」伊曼瞪著他，但除了他說的話以外，他身上沒有任何一個地方傳達出憤怒的意思。「你今天晚上走著瞧。」

在舞者們推開健身房的門時，伊曼已經坐在練胸用的長椅上，將短褲拉低，藏住胯下的勃起。尚恩背對著門口，從架上拿起兩個啞鈴，並在傑夫走進健身房時，回頭對他打招呼：「嗨，傑夫。今天比較晚到喔。」

「嘿，各位。」伊曼坐在椅子上說。

「是你們太早來了。」

傑夫和克里斯走進室內，各自將背包放在習慣的角落，然後克里斯走到伊曼身邊，用力拍了拍他的肩膀。

「怎麼啦，老兄？」克里斯聳起眉，打量著伊曼的臉。「你肚子痛還是怎樣嗎？」

尚恩只是憋著笑意，看著伊曼扭曲的表情。

然後那天晚上，尚恩確實被伊曼好好教訓了一番——不過那只讓他更想重複自己的行徑。

諸如此類的事情還有很多。

有時候伊曼會在尚恩的公寓過夜，而且在那次的意外之後，他們再也沒有因為上床的關係睡過頭。伊曼的鬧鐘會同時吵醒他們兩人，伊曼會給他一個吻，尚恩會起床送伊曼出門，等到鎖上公寓的門後再睡回籠覺。

週末時，尚恩會在下班後和伊曼一起回家。如果隔天尚恩休假的話，他們就會在公寓裡待上一天，看老電影、聽伊曼的二手唱片收藏，或是做其他有趣的事。

尚恩從未經歷過這樣的相處狀況。他就像是踏進了未知的領域，他不確定這樣下去，他們究竟會走去哪裡。

站在DJ檯上，尚恩得以看見整個表演的現場。在這間俱樂部裡，他幾乎是隱身在黑暗之中，和他在其他夜店裡的演出模式大不相同，但是尚恩也不排斥。也正因為這樣，他更能觀察他的音樂與舞者們舞蹈搭配的效果。因為他沒有開口，整個空間中的氣氛，便完全是靠舞者的魅力和音樂結合所營造出來的。

燈光轉暗，音樂的節奏也隨之趨緩。尚恩一邊動手調整節拍，一邊望向舞台。紫紅色的燈光下，伊曼正坐在一張金屬椅上，跟著音樂舞動。從尚恩的角度，他可以看見伊曼的雙眼半闔，微微仰著頭，雙手撫過自己蜷曲的髮絲。

散亂的頭髮遮住他的臉頰和鼻梁，緩緩滑開。伊曼勾著嘴角，身體向上弓起，看似柔軟，卻充滿了男性力量。

伊曼身上穿著一件鬆垮的背心，當他的手撫過自己的身體時，布料便向上掀起，露出他線條分明的腹肌，在紫紅的燈光下，顯得更加深刻。

尚恩知道自己不該在工作的時候分心，但是他怎麼能不分心？坐在那張椅子上的人可是伊曼——和他同床共枕的伊曼。

在尚恩來俱樂部工作的這兩個月裡，他越來越沒辦法將家裡的伊曼和舞台上的伊曼切割開來。當他看著伊曼在舞台上表演時，他的腦中總會閃過伊曼的表情。當他俯身在他上方，面孔因為性欲而漲紅，他的大手抓著尚恩的腰，一次又一次地退出、挺進……

喔，天啊。他忍不住在心中嘲笑自己。這實在太荒謬了。

緩慢而挑逗的音樂，搭配上女歌手低沉沙啞的嗓音，彷彿整個室內都被強烈的欲望所包裹。尚恩觀察著台下觀眾的眼神，伊曼的身體就像一塊磁石，沒有人能將視線從他的動作上轉開。

伊曼的頭向一旁轉來，尚恩來不及撇開視線，便和他對上了眼。伊曼對他露齒一笑。

尚恩翻了個白眼。伊曼的雙眼彎了起來，好像覺得整個情境很有趣似的。

然後他從椅子上溜了下來。尚恩看著伊曼往舞台的邊緣前進，在舞台的一角停了下來。隨著音樂的鼓聲重重下墜，伊曼跪下身子，照著節奏挺起腰肢。觀眾們發出一陣歡呼。
伊曼對著台下伸出手。有一個瞬間，尚恩不太確定那是什麼意思。但接著他就懂了。
一個女孩從桌邊的座位區走了出來，在伊曼的幫助下爬上舞台。或者說，她幾乎是被伊曼抱上舞台的。
尚恩知道她是誰——伊曼稱呼她是「生日女孩」。伊曼和他提過這個女孩，講過他為她跳舞的事。尚恩也知道，幾乎每一次，只要伊曼有獨舞的時候，那女孩都會在場下。
他很確定她不是伊曼第一次服務的壽星，但他不知道是什麼原因，使伊曼對她特別有印象、特別留心。看看他，就連伊曼注視她的眼神，都和對其他人不一樣。那是只有在你看著熟人時，才會出現的眼神。
尚恩不喜歡這件事接下來的走向。他不喜歡自己腦中思緒的走向。
儘管如此，他的眼神仍然不受控制地轉向舞台上的兩人。
伊曼再度坐回他的椅子上。但這次他牽著女孩的手。在伊曼的帶領下，女孩跨坐在他的大腿上。尚恩看著伊曼將她的手拉到他的腹部，在音樂的節奏帶領下，一點一點拉進他的背心下方。尚恩像是著了魔似的，無法控制自己看著她碰觸伊曼的樣子。
伊曼擺動著身體，使女孩發出興奮的尖叫。

尚恩看見他的微笑，看見他在脫下背心時，全身的肌肉收縮和舒張的樣子。他看著女孩的手撫過伊曼的胸膛，看著伊曼攬著她的腰，讓她倒在他的懷裡。

當伊曼對著女孩的胯下挺起腰，湊到女孩耳邊，作勢要用舌尖碰觸她的耳朵時，尚恩感覺到自己的胸口產生一股非常不舒服的感覺。

他強迫自己轉開視線。他低下頭，看著眼前的音控台。他還是能把這支舞曲組曲好好做完，但是他已經感受不到音樂的魔法了。

為什麼？這不是伊曼第一次找女孩上來獨舞了。為什麼今天他會感到這麼不適？

一股情緒像是手指一樣抓住尚恩的心臟，但現在尚恩還無法細想。儘管他已經不再看著台上跳舞的兩人，但是伊曼看著女孩的模樣，還有女孩碰觸伊曼的動作，仍在他的腦海中揮之不去。

靠。他一點都不喜歡這種感覺。

台下觀眾的尖叫聲不斷在提醒他台上的畫面有多火辣，但是尚恩拒絕因為好奇而抬頭。

這天晚上的表演結束時，尚恩沒有等伊曼結束梳洗，就先叫了Uber離開了俱樂部。他知道他這麼做有點衝動，也有點無理，但他暫時沒有心思和伊曼見面。他需要一點時間，釐清自己現在心中的感覺。

座車才啟程沒多久，尚恩的手機就震動了起來。他看見伊曼的名字出現在螢幕上。他猶豫著自己要不要掛掉電話，但是他的手指像是脫離了他的掌控，按下接聽。他暗自嘆了口氣，把手機湊到耳邊。

「嘿。」他說。

「嘿，尚恩。」伊曼那一邊的背景仍然有許多人聲，看起來俱樂部的工作人員們還沒有完全解散。「你在哪？」

「我在回家路上了。」尚恩說。他頓了頓，又補充一句：「你知道，我有點不太舒服。」

「你還好嗎？」伊曼說。「你應該跟我說的。我可以早點帶你離開……」

「不，沒事的。」尚恩說。「我有點累。今晚我應該會早點睡。」

「你確定你沒事嗎？」伊曼說。「你的聲音聽起來不太對勁。」

尚恩輕笑一聲。「這樣正好證明了我的話，不是嗎？」

伊曼沉默了一會，然後緩緩開口：「好吧。我明天再打給你，好嗎？」

「當然。」尚恩說，但他覺得自己沒有成功偽裝出熱情。

「晚安，尚恩。」

「掰。」尚恩說。

然後他掛掉電話。

前方的駕駛從後照鏡看了他一眼。「和女友吵架了嗎？」

「算是吧。」

駕駛露出我懂你的眼神，點點頭沒有再繼續說話。尚恩將額頭抵在窗框上，視線投向窗外，看著快速掠過的人行道。

那天回到家後，尚恩快速沖了個澡，然後為自己倒了半杯威士忌，一口喝盡，然後頂著發燙的臉頰鑽進了被窩裡。

他不喜歡自己今天的反應。

真要說的話，這其中包含了一些他很熟悉的成分，像是在他的腸胃中翻攪的酸楚感、那股眼眶微微刺痛的感覺。

他不能理解的，是那股想要衝上去把那女孩從伊曼身上拉開的衝動。這是尚恩從未體驗過的感受，他也不知道他為什麼要對一個女孩產生這種敵意。靠，她甚至連性別都不具威脅性。所以，他為什麼會這麼在意？

女孩撫摸伊曼身體的畫面，她的手指在伊曼身上遊走的畫面，只是違背他的意願，在他腦中重播。

尚恩把這股令人煩躁的困惑感怪罪到酒精上，然後翻過身，把臉埋進枕頭裡。

威士忌使他連夢都沒有做，一路昏睡到早上十點多。

當他醒來時，他只覺得眼皮腫脹發疼，像是他哭了一整夜似的。他用被單遮住頭，挫敗地低吼一聲。一個晚上的睡眠，並沒有讓他的大腦變得比較清醒。肚子裡沉甸甸的感覺仍然存在，而且如果真要說有什麼不同，他只覺得更焦慮。

他昏昏沉沉地從床上爬起來，抓起放在床頭櫃的手機。螢幕上有兩通伊曼的未接來電，還有一封來自伊曼的簡訊。

「等你醒來再打給我吧。抱歉吵到你了。」

尚恩瞪著訊息看了五分鐘。他完全沒有聽見伊曼的電話。

他花了一個多小時的時間在家裡來回踱步，動手打掃了客廳、清潔了廚房檯面，還把衣服丟進洗衣機裡，最後才在中午的時候打了電話給伊曼。

電話響了兩聲就接通了。尚恩在腦中構築出一條虛構的小學走廊，還有一間虛構的教職員辦公室，而伊曼站在走廊上，把電話湊到耳邊。

「嘿。」伊曼的聲音在他耳中響起，一如往常地溫暖而柔軟。

「嗨。」

尚恩的聲音低啞又粗糙，他知道伊曼一定聽得出來他昨晚喝了酒。但即使伊曼察覺了什麼，他也沒有揭發他。

「晚上有睡好嗎？」伊曼問。

「還可以。」

他們的對話聽起來緊繃而尷尬，兩人本來自然舒適的氛圍消失無蹤。尚恩咬了咬嘴唇，他的眼眶再度感到一陣酸澀。他抬眼看向天花板，阻止淚水溢出眼角。

「好。」伊曼輕聲說。他沉默了一下，然後問道：「你還好嗎？」

這個問題使尚恩忍不住笑了出來。這真是最典型又最難回答的一句話。但他沒辦法告訴伊曼說他一點也不好，至少在他覺得自己的反應一點也不合理的時候，他無法容許自己說出口。

尚恩以前總讓自己陷入失去所有的窘境，但從來沒有一次是像這樣。

「一切都沒事。」他保證道。「我只是有點累。」

「好吧。」伊曼說。「你今天晚上還會來俱樂部嗎？如果你需要休息……」

「不，沒關係。」尚恩說。「我會去的。我在那裡跟你碰面，好嗎？」

尚恩聽見電話那端伊曼的呼吸聲。然後他說：「好。」

「好。」

「尚恩。」就在尚恩準備把電話掛斷時，伊曼突然開口。「我很想你。」

「我們才一個晚上沒見。」尚恩戲謔地回答。「但我也想你。」這句話並不是謊言。

當伊曼再度說話時，他的聲音明顯地鬆了一口氣。「我們晚上見。」

「晚上見。」

俱樂部是工作場所，所以尚恩不必擔心和伊曼有太多個人的接觸。他知道伊曼有很多問題想要問他，但是他刻意不留下任何空檔。

直到俱樂部結束營業時，伊曼沒給機會再度溜走。尚恩還沒有離開DJ檯，伊曼就已經來到他身邊。「我們一起走吧。嗯？」

看著伊曼真誠的雙眼，尚恩沒有拒絕。

然後他們兩人回到伊曼的公寓，一起沖了澡，並順理成章地沒有把衣服穿回去。說實話，尚恩寧可他們不要對話，只要有肉體上的交流就好。無論他的情緒有多複雜，他的身體一直都是最單純的。伊曼已經越來越熟悉他的敏感處，因此他知道要如何令尚恩失去理智，在他的手下陷入瘋狂。

在做愛的時候，尚恩可以暫時把那些自己無法理清的思緒推到一旁，只要享受肉體的快感即可。他在伊曼的身下扭動、任伊曼將他壓制在床上，而他也沒有阻止自己發出享受的喘息。

「尚恩，尚恩……」

伊曼的聲音在他耳邊呢喃，使他覺得渾身都要融化。他只是用手抱住伊曼的脖子，緊貼著他的臉頰。伊曼將他的身體填滿，每一次的抽插都使他腦中產生短暫的空白，全身被欲望所包裹。而這對他來說正好，再好不過了。

性愛結束後，兩人溼漉漉的頭髮，在床單上留下了深色的水漬。尚恩在伊曼的臂彎中睡著，而在他的意識逐漸模糊時，他很高興自己沒有力氣繼續思考了。

隔天早上尚恩起床時，伊曼已經出門了。他穿好衣服，盥洗完畢，然後在早餐吧檯上看見伊曼的備份鑰匙。

「記得鎖門，然後你可以把鑰匙留著。」他螢幕上的訊息這麼寫道。

尚恩將公寓門鎖上，把鑰匙收進口袋裡。他不想去探究這代表了什麼意思。

「等等，先讓我搞清楚。」喬治兩眼直瞪著他，雙手撐在吧檯上。尚恩得用盡全力，才能阻止自己因為罪惡感而迴避他的視線。「所以你現在是在告訴我，你的約會對象不只是個小學老師，還是A區俱樂部的脫衣舞男，然後你對他跳舞的對象吃醋了？」

「好吧，你現在讓我聽起來像個天字第一號大白痴了。」尚恩發出一聲低吼，趴在桌面上。

「你已經遺忘老喬治很久了，尚恩．葛林。」喬治說。他用玻璃杯裝了一杯水，推到尚恩面前。「你知道，我有點跟不上故事的進度。在你跟我說完之前，我不會幫你的酒買單。」

一絲罪惡感戳刺著尚恩的心。自從他去A區工作後，他和喬治的見面機會就大幅減少了。當然，他知道有很大一部分的原因，是因為他把其他的空閒時間都花在伊曼身上。他大可傳個訊息約喬治出來吃個飯、或是喝杯咖啡（雖然他懷疑喬治寧可喝酒也不要喝咖啡），但是他沒有。他是個混蛋。

「好吧，我的錯。」尚恩說。「你可以對我生氣。」

喬治瞇起眼，嫌惡地擺了擺手。「這兩個多月以來，你到底發生什麼事了？就我上一次得到的資訊，你還覺得那傢伙是隻單純的小白兔。」

「嗯，說來話長。」

「距離營業時間還有一小時。」喬治說。「所以我建議你長話短說。」

於是尚恩就照做了。

在喬治一邊準備開始營業時，尚恩一邊把這兩個多月以來，他和伊曼之間是如何進展到會在彼此家過夜、還一起上下班的過程，快速彙整給喬治聽，只省略掉伊曼背景故事的部分。

「然後，上星期的那一場表演，我就是……我不知道。」尚恩用手搓了搓臉頰，發出一聲挫敗的呻吟。「我是說，那不是我第一次看到他對那女孩跳舞了。我不知道我出了什麼問題。」

後來這一週，他和伊曼的狀態似乎又恢復了正常。他們依然會一起上班、一起回家，他們的性事也依然熱烈。伊曼一如平常地體貼溫柔，真要說的話，他甚至變得更加關注尚恩的一舉一動，對他說話也變得更加……謹慎，好像深怕會誤觸尚恩的地雷似的。

尚恩知道還有些事不太對勁，他只是不打算和伊曼提起。

聽見他說的話，喬治停下手邊正在整理的玻璃杯，瞪視著他。「你吃醋了，老兄。」

「我沒有。」尚恩有點太快地回答。「我只是覺得不舒服。」

喬治的眉毛誇張地聳起，幾乎都要飛到他的額頭上去了。「不好意思，名詞解釋：一個不知名的女孩對你的男人上下其手，你感到不舒服，想要找她來一較高下，想要把她從你的男人身上踹下來——這就叫做『吃醋』，不管你喜不喜歡這個詞。」

「靠。」尚恩喃喃說道。這實在太愚蠢了。

「我只是覺得很奇怪，你知道嗎？」喬治說。「你知道他是同性戀，你知道他基本上就是頭上腳下地栽在你身上了。看在上帝的份上，你為什麼要對他的工作對象吃醋？」

「也許因為性向是流動的，你這個自作聰明的傻子。」尚恩說。但他覺得他更像是在說給自己聽。

尚恩從不認為自己是善妒的人。在他過去的經驗中，他和另一個男人的關係，通常都是在升溫的過程中，男人就開始逐漸轉移注意力。他從來沒有機會體驗到嫉妒的感覺，但現在想起來，或許是因為他們從來沒有進展到能讓尚恩產生「嫉妒」的情緒。

尚恩坐在高腳椅上，瞪視著眼前的透明玻璃杯，細細思索這一點。如果他不是因為現在這麼難受的話，他或許還會覺得自己新的這一面很新鮮。

但是這種感覺究竟代表了什麼？是他太過在乎伊曼了嗎？他無形中讓伊曼在他心中占據了太大的份量，使他開始失去了原本的自己？

如果他先前已經意識到他踏入了一片未知的新領域，那麼他現在知道，這種未知只代表著危險。他對伊曼的在乎，已經強烈到會使他對一個理論上毫無威脅性的女孩感到如此不悅。這絕對不是好事，對吧？

「你在想什麼？」喬治的眼神在他臉上來來回回地打量。他皺起眉。「噢，尚恩．葛林。我不喜歡你的表情。我得警告你，別打什麼壞主意。你絕對會後悔的。」

「我沒有在打任何主意。」尚恩說。

喬治嗤之以鼻。「對，對。隨便你說。你就當作老喬治在自言自語吧——但是如果，我是說如果，你的夢想是找到能夠和你共度下半輩子的人，那你就得習慣現在的狀態。」他傾身向前，直視著尚恩的雙眼。「這是你不斷逃避的心，正在學習信賴的過程之一。」

「好像你就懂什麼叫信賴一樣。」尚恩看了他一眼。

「噢，但是我確實懂啊。」喬治說。「我只是還沒有遇到值得我信賴的對象而已。」

不知為何，尚恩覺得他的眼神銳利得令他難以忍受。他垂下雙眼，然後把杯中的水一飲而盡。

「營業時間開始了。」尚恩把杯子推向喬治，跳下吧檯椅。「我就不耽誤你工作了。」

在他準備離開時，喬治再度叫住他。

「我是認真的，尚恩。」喬治說。「你該跟他談談。」

「我看著辦。」

尚恩對他揮了揮手，然後在顧客們開始走進夜店前，從保鑣身邊溜了出去。

Chapter09

當伊曼睜開眼睛時，尚恩的身體仍貼在他的胸口，結實而溫暖。伊曼悄悄把鼻尖埋在他的金髮中，嗅聞洗髮乳與他獨有的香氣混合在一起的味道。

認識尚恩到現在，伊曼已經逐漸開始習慣他的氣味。有時候，當尚恩沒有在他的公寓過夜時，他偶爾會在自己的枕頭和棉被上發現尚恩殘留的一絲味道。他總會忍不住露出微笑，然後再因為自己表現得像是情竇初開的青少年，而暗自感到難為情。

此時，他也在心中取笑著自己像是第一次談戀愛般的舉動。

尚恩在他的懷裡動彈了一下，發出無法辨識的低聲呢喃。伊曼的視線順著他的瀏海，來到尚恩直挺的鼻梁，看著他金褐色的睫毛輕輕顫動。

如果他看得夠仔細，尚恩白皙的面頰上其實有著一片淡淡的雀斑，但是伊曼很喜歡這一點點的不完美。出於某些原因，這讓他覺得尚恩好像沒有那麼離他那麼遙遠，好像比他想像得更真實一些。

尚恩薄薄的嘴唇微啟，放鬆的弧度使伊曼的手指蠢蠢欲動。他的大拇指輕輕撫過尚恩的下唇，感受著柔軟而有些乾燥的觸感。

「嗯……」尚恩低哼一聲，眼睛還沒有張開，身體卻像是受到某種召喚般，往伊曼的懷中挪了挪，把額頭靠在他的頸窩。他的鼻息帶來一股搔癢感，但伊曼一點也不想推開他。

血液往下體湧流的感覺強烈得使伊曼無法忽視，他的腿和尚恩的雙腿交疊，也對他的現況沒有一點幫助。他可以感覺到自己鼓脹的下體抵在尚恩的大腿上，而他只是微微移動了一下身體，胯間的摩擦感，便使一股欲望在他體內流竄。

天啊。他從來不覺得自己是那麼原始的人，以前他根本沒想過他會這麼容易受到欲望的驅使。但是在遇到尚恩之後，他才覺得自己進入了一個新的世界。

尚恩的性欲很強烈，而伊曼從來沒有遇過像他這麼享受性愛的人。尚恩主動的挑逗，一開始還會讓伊曼感到無比難為情，但現在他已經開始逐漸習慣，甚至還會產生一點期待。尚恩的身體彷彿天生就知道這一切要怎麼運作，也知道要怎麼利用喘息和偶然的淫穢話語，勾起伊曼的欲望。

不，或許也不完全是尚恩的責任。就像現在，尚恩還在熟睡中，但伊曼卻得用盡自己的意志裡，才能阻止自己將尚恩翻身壓在床上，把他吻醒，然後再……

伊曼翻過身平躺在床上，硬是將腿從尚恩身上移開。他閉上眼睛，深吸一口氣，在腦中回想他班上孩子們的臉。很好，他現在終於平靜下來了。

伊曼小心翼翼地從床上爬起，跨過尚恩的身體，準備去浴室盥洗。但是就在他越過尚恩的上方時，金髮男孩的雙眼眨了眨，緩緩睜了開來。

伊曼僵在原位一秒，和尚恩對上視線。

「嗨。」尚恩微笑。「早安。」

他帶著早晨剛睡醒時特有的沙啞尾音，眼神還有點迷茫。伊曼嚥了一口口水。他應該要爬下床的，他必須要去上班。

但是他忍不住回應了尚恩的笑容。「早。」

他俯下身，想要親吻他，但尚恩只是伸出一隻手攬住他的肩膀，把頭一偏，使他吻在尚恩的臉頰上。

「你該去學校了。」尚恩在他耳邊喃喃說道。「別讓校長先生再度約談你。」

伊曼嘆了一口氣。「對。」他爬下床，走向衣櫃，然後再度轉過頭看向尚恩。「我今天去書店接你嗎？」

「沒關係。」尚恩回答。「我會自己叫車過去。」

伊曼皺了皺眉，但是尚恩的表情一片平靜，他看不出有什麼異狀。

異狀。對，就是這個詞，他一邊扣著襯衫的釦子，一邊想道。最近的尚恩似乎有點不同，但是伊曼無法明確指出是哪裡出了問題。

就像剛才，他和尚恩的早安吻。他不知道那是意外，還是尚恩確實有意在迴避他的親吻。這一陣子以來——伊曼甚至沒有辦法明確指出是從什麼時候開始，這種事情時常發生。比起和尚恩接吻，他覺得他最近好像更常親吻尚恩的額頭、臉頰、或是下巴。

但如果他們是在做愛，尚恩的反應就很正常，他們就如同往常一樣接吻、愛撫，尚恩也始終如一地熱情。伊曼不知道這代表什麼。

「你的釦子扣錯了。」尚恩的聲音打斷了他的思緒。伊曼回過神來，看見尚恩正背靠著床頭板，用好笑的表情看著他。

伊曼低下頭看了自己一眼。「噢，對。」

他有點尷尬地把衣著整理好。天啊。他真的需要讓自己清醒一點。

當尚恩跟著他一起走到公寓門口時，伊曼一手抓著門把，轉身面對他。「尚恩。」他說。

「怎麼了？」

他打量著尚恩穿著寬鬆的T恤，頂著一頭亂髮的模樣。他修長的腿從衣襬下方伸出來，皮膚潔白。伊曼的腦中閃過這雙腿跨在他身上的畫面。他搖了搖頭，在尚恩疑問的目光下回答：「沒什麼。」

「開車小心。」尚恩說。

「晚上見。」伊曼說。

開車去學校的路上，伊曼的思緒都呈現一團混亂；他甚至不記得自己到底是走了哪條路到校門口的。

由於再過兩週就是畢業典禮，學校的老師們不分年級，都在一起製作他們在典禮上要送給畢業學生們的小禮物。每個孩子都會得到一個小裝飾品，是簡單的木製底座，裝上電池後，燈光便會打亮上方的壓力克片，而每一片壓克力上，都印有一顆地球或是太空船的圖像，還有每一位畢業生的名字。

這是學校的美術老師所設計的小心意，木頭底座和壓克力片都是他們自己去找廠商訂製。今天早上，快遞才將兩個零件送到。學校老師們得在這兩週時間內，把小飾品用強力膠黏好，然後依照畢業班級分裝，交給各班的導師。

趁著學生們到校之前，伊曼便抱著屬於他的那一份代工材料，來到他自己的班級。他打開教室的燈，設定好冷氣，然後將紙箱放在桌子上。

畢業季，伊曼一邊在壓克力的底端擠上強力膠，一邊想著。

他班上的孩子們距離畢業還有好長一段時間，但或許是因為高年級的學生們迫不及待要放長長的暑假了，整個學校這一兩週的氣氛都躁動不已，伊曼班上的孩子們也變得更心浮氣躁。

作為老師，伊曼通常也十分期待暑假。但是今年不一樣。

他的弟弟也要高中畢業了。他不確定連恩對於大學的想法是什麼——他上一次和他們講電話的時候，連恩的話語還十分保留。但是伊曼自己，倒是很清楚他希望弟弟怎麼選擇。

兩下清脆的敲門聲使伊曼抬起頭。然後他才驚覺，他差點就把其中一個孩子的地球黏成橫的了。他趕緊放下手中的強力膠，在自己鑄下大錯之前停手。

他轉向敞開的教室門。東尼正站在那裡，一手還舉在門板旁。

「嗨，東尼。」伊曼說，心底湧起一股不太好的預感。

「伊曼。」東尼對他點點頭。

「出了什麼事嗎？」

東尼走進教室，來到他的桌邊，拿起其中一個壓克力片，打量上面的手繪小圖案。他滿意地點點頭，然後看向伊曼。

「這比較像是我想要問你的問題。」東尼微笑。不知道為什麼，伊曼總覺得東尼的笑容，會讓他聯想到肯德基炸雞店的招牌。「你最近一切都好嗎？」

伊曼希望自己的表情不會看起來太可疑。「都很好。」伊曼說。他很想問東尼自己做錯了什麼事，但是最後打消了這個念頭。

「伊曼，我知道你比較……辛苦。」東尼一字一句緩緩地說，似乎正在斟酌自己的用詞。「但是最近有幾個家長和我反應，你改的作業有一些不該出現的失誤。有個學生回家後，發現你把他拼對的單字改成錯的。」東尼挑起眉。「另外，你還在老師簽名的地方，寫了不是你的名字——但我不想洩漏學生的資訊，所以我也不會再給你更多細節。」

伊曼在心中瑟縮了一下。靠。他做了什麼？

「很抱歉。」伊曼垂下視線。「我會確保這種錯誤不再發生的。」

「我知道你的家庭狀況，需要消耗你更多的精力。」東尼說。「有什麼學校能幫上你的地方，請你不要吝嗇提出。」

伊曼知道東尼已經盡力在維護他的自尊了。他從來沒有讓東尼知道自己的兼差是什麼，所以校長或許以為他是在洛杉磯的某間餐廳裡端盤子。但是就算是這樣，伊曼也不可能開口對校方要求任何經濟上的支援。

伊曼感覺到自己的臉頰微微發燙。他知道乞丐沒有挑三揀四的權利，但是他實在也不喜歡成為別人可憐的對象。他已經花了太多時間在維護自己的尊嚴了。

而且認真說來，東尼來提醒他的事，和他的兼職也沒有任何關係。一股罪惡感在他的心底悄悄戳刺著。他最近的分心與失誤，都是出自於另一個原因。

「不，我可以應付得來。」伊曼說。「我很抱歉。」

「我知道你的弟妹也快要畢業了。」東尼說。「如果他們需要獎學金的管道，我這裡有一些可能的選項……」

儘管東尼平常是個一板一眼的中年人，但他有著一副好心腸，光看他把學校裡老師的狀況記在心中的樣子，就足以證明這一點。

「真的很感謝你，東尼。」伊曼說，他希望自己的聲音聽起來足夠誠懇，才不會讓他看起來像個忘恩負義的大混蛋。「我會告訴他們的。」

「小事。我希望能盡量減輕你的負擔。」東尼再度露出肯德基招牌般的微笑，伸手拍了拍伊曼的肩膀。「但你也得照顧自己。你的家人們需要你。」

「是的。」伊曼喃喃說道。

「家長的抱怨，我會先替你處理。」東尼說。「但是我希望事情會有好轉。」

「絕對會。」

伊曼看著東尼離開他的教室，然後向後靠在椅背上。當他回過神來時，是孩子們背著背包，尖叫著衝進教室裡的時候了。

「伊曼老師！」一個小女孩跑到他身邊，兩眼發光地看著桌面上的壓克力板。「這是什麼？是禮物嗎？」

「是的。」伊曼微微一笑。「等妳畢業的時候，你也會有的。」

小女孩噘起嘴。「畢業。還有好久喔。」

伊曼從椅子上站起身。「這叫做長大呀，葛蘿莉亞。」

伊曼一整天都在思索關於東尼提起的獎學金機會，但他有點拿不定主意該什麼時候和自己的家人提起。自從他一個人來洛杉磯唸大學，到現在已經超過十年的時間。而他後來再也沒有回家，是有原因的。

他腦中紛亂的思緒，在抵達俱樂部後，才逐漸平息下來。

「唷，兄弟。」傑夫一如往常地坐在健身房裡的地上，對他歪嘴一笑。

儘管有時候伊曼會希望傑夫學會閉嘴，但是近幾個月來，他越來越喜歡傑夫帶來注意力的短暫轉移。或者說，整個脫衣舞男俱樂部都成為了他暫時擺脫壓力的避難所。

弟弟的畢業時間在即，很快伊曼就得為他找到一條出路。但是在俱樂部裡，伊曼的目標就只有一件，娛樂前來欣賞表演的觀眾。

在這裡，他只是觀眾們心中的男神。他不需要擔心自己的一舉一動是否能夠孩子心中的模範，也不需要擔心來自現實生活的任何壓力。他只需要跳舞，將自己最吸引人的那一面展現出來就好。

說來也荒謬，在他的人生中，現在最單純的地方，反而是跳脫衣舞的夜店。

他把背包放下，脫去上衣。在他掏出口袋裡的手機、和自己的隨身物品擺在一起之前，他又一次檢查了自己的手機。

尚恩沒有傳訊息來——他在出發前往俱樂部的時候傳了一封簡訊給尚恩，但是尚恩並沒有回覆。

伊曼忍不住一皺眉。尚恩最近似乎對回覆訊息興致缺缺，但他們見面的頻率如此之高，訊息本來就不是必要的對話方式。

伊曼不希望自己成為緊迫盯人的那種男人，他不是。

但他也無法否認，最近尚恩的這些微妙的小變化，確實讓伊曼感到有點不安。尚恩今天沒有進來健身房；事實上，尚恩已經好幾天都沒有進來健身房和舞者們聊天了。伊曼覺得那只是因為尚恩書店排班的緣故，但是真要說起來，這大概也是他覺得不太對勁的一部分原因。

但是伊曼有什麼立場能去過問他的上班時間？他和尚恩就只是……是什麼？

他和尚恩，現在究竟是什麼關係呢？

伊曼寧願相信他們是在交往了，畢竟他們所有的相處方式，都像是交往中的情侶。伊曼一邊做著深蹲的熱身組數，一邊回想著他們一起上下班的車程，他們對書和音樂進行的討論，還有那些不適合在工作場合想起的種種。

沒有人能說他們不是情侶，對吧？

「……靠。」伊曼在站直身子的時候，忍不住低聲咒罵一句。

「幹嘛？」傑夫的聲音在一旁響起。

伊曼沒有回答他。此時，他正忙著責備自己的愚蠢。

唯一不認為他們是情侶的人，大概就只有他們自己了。因為，伊曼從來就沒有想過要和尚恩開啟那番對話——他怎麼會這麼輕忽呢？

伊曼不記得自己上一次是怎麼和別人確認關係的了。或許根本就沒有這一段，他不是很確定。就某方面而言，他也從來沒有和任何一個對象，發展到讓他覺得能夠以男朋友相稱的關係。因此，這件事基本上就不在他的戀愛代辦清單上。

這是尚恩最近開始忽冷忽熱的原因嗎？

伊曼好想打自己一拳。在他感到不安的時候，他卻沒有注意到，自己也沒有給足對方安全感。他怎麼能這麼雙標？

「你的腰快要斷了。」傑夫出聲提醒道。伊曼這才意識到，他還打直著腰，握著槓鈴站在那裡。

他小心翼翼地蹲下身，將槓鈴穩穩放在地上。他轉過頭，這才發現傑夫正雙手抱胸，挑著眉打量他。

「幹嘛？」

「嗯，我大概一小時前問過你這個問題，但是你沒有回答我。」傑夫歪著嘴微笑。「所以，我們重新來過，如何？」

「沒什麼啊。」伊曼說。

「沒什麼個鬼。」傑夫說。「你的靈魂都不知道飛到哪個銀河去了。」

「我不知道你在說什麼。」

「你家出了什麼事嗎？」傑夫緊盯著他。

伊曼「哈」地笑了一聲。「什麼？」他說。「才沒有。」

「那是跟你的男友有關囉？」

「男友？」伊曼說。「我才沒有男友。」

傑夫翻了一個白眼。「伊曼．歐文斯。老兄。你知道，你沒有當演員的天分，一點也沒有。」

伊曼可以感覺到自己的臉頰開始發燙。他只能慶幸自己的膚色還算黑，就算臉紅也不那麼容易被看穿。

「我真的沒有男友。」伊曼說。「我是說……我不知道我和他現在算不算是在交往。」

「你是說你和DJ尚恩嗎？」

伊曼的嘴張開又閉上。他愣愣地看著傑夫的臉，但是傑夫看起來一點也不像是在問問題。伊曼知道自己已經錯過最佳的否定時機了。從現在開始，他講的任何話，都會是欲蓋彌彰。

「有那麼明顯嗎？」他挫敗地嘆了一口氣。

「明顯？」傑夫說。「你們一起來俱樂部、一起離開，還有尚恩看著你健身的樣子——噢，我都不敢想像他那些時候腦子裡在想什麼。你覺得我們是瞎子？還是傻瓜？」

伊曼投降地舉起雙手。

「你說你不確定，是什麼意思？」傑夫追問。

「就是字面上的意思。」伊曼回答。「我們從來沒有談過。我不知道他怎麼想的。」

「嗯，所以你只有一個方法可以知道了，對吧？」傑夫說。

伊曼嘆了一口氣。他真的不擅長這種事情，尤其在最近他有點不知道尚恩在想什麼的狀態下。但話又說回來，在他認識尚恩的這幾個月裡，他什麼時候真正知道尚恩的想法了呢？

現在或許是搞清楚的好時機了，他的心底有個聲音這樣說。

如果這樣能消除尚恩心中的疑慮，又能讓他們兩人的關係更近一步，他當然沒有理由不這麼做。不知為何，在他下定決心後，一股興奮之情突然從他的心中燃起。

他很想知道他和尚恩的對話會怎麼進行；他也想知道，在尚恩心裡，他們的感情是不是進展到同一個位置。但他覺得充滿了希望。

「謝了，傑夫。」伊曼說。

「小事。」傑夫咧嘴一笑。「我只是想要提醒你，如果你和尚恩的事情沒有處理好，愛琳真的會很生氣。」

「我知道。」伊曼說。

他和尚恩都是成熟的大人了——年近三十歲的男人，沒有理由處理不好感情中的一點小事，對吧？

伊曼蹲下身，再次握緊槓鈴。他深吸一口氣，然後穩住核心，將沉重的槓鈴拉離地面。

Chapter10

這個週末，尚恩在書店的排班難得地休假了一天。他和伊曼一起窩在他公寓的沙發上，放著他收藏的老搖滾專輯，一邊隨意翻著書。

尚恩拿的是《華氏四百五十一度》，但他知道過了好幾分鐘，他還停留在同一頁上。

他從書頁的上緣悄悄打量著伊曼的側臉，只覺得心神不寧。

儘管尚恩決定讓自己稍微從和伊曼的感情中抽離一些，但是當伊曼提議來他的公寓約會時，尚恩也沒有拒絕。或許是因為在他心底蠢蠢欲動的愧疚感，又或者是因為他的身體還沒有擺脫這幾個月所養成的習慣，他仍舊無法抗拒伊曼身上所散發出的吸引力。

但他得承認，現在他決意告訴自己，那些吸引力絕大多數都是肉體上的時候，他的心裡反而覺得舒服多了。他不知道這件事究竟是怎麼運作的，但他很清楚，這些話他絕不能告訴伊曼。

伊曼就像是一隻太過忠誠的狗狗。而他是什麼？

來。

如果喬治知道和他聊過之後，尚恩最後做出的結論是這樣，喬治一定會氣到笑出

喬治警告過他了，真的。他知道喬治是一番好意，而且他有看出尚恩的心思正在往錯誤的方向前進。

但是尚恩能怎麼辦？人類都是習慣的動物。他太習慣那種你追我跑的感情關係了，而現在他和伊曼之間無法否認的雙向吸引力，對他來說已經到使他難以忍受的地步。他沒辦法接受自己在這段關係裡的樣子，所以他只能逃跑。

「在想什麼？」

尚恩眨了眨眼睛，才發現他看著伊曼的臉出神，甚至沒有注意到伊曼已經對上了他的視線。伊曼正微笑地看著他，眼神就像平常一樣，尚恩幾乎可以看見那些滿溢出來的愛意與溫柔。

伊曼的手輕撫著他的腿，在他手指經過的地方，都留下一股酥麻而溫熱的感覺。

尚恩忍住用手摀住臉的衝動。他真的讓自己陷得太深了。

現在他覺得以前的自己簡直單純過了頭。那些會甩掉他的男人並沒有讓他萬劫不復——事實上，和那些人相比，像伊曼這種讓人逃無可逃的人，才是最恐怖的對象。

在這種人面前，尚恩要怎麼保護自己不受傷？

為了他自己好，他只能和對方保持一點距離。

「沒什麼。」尚恩微笑。「我只是在欣賞你的側臉。有人說過你的側臉像希臘雕像一樣嗎？」這句話至少是一半的事實。

伊曼有點難為情地咧開嘴。尚恩至今仍然無法理解，為什麼伊曼無法大方地接受他的誇獎。他以為像脫衣舞者這種靠外觀維生的職業，應該要聽這類的言論聽到麻痺了才對。

「嗯，尚恩。」伊曼把手中的書放下，然後將雙腿收上沙發，轉過身來面對他。

尚恩撐著椅墊坐起身。

噢哦。伊曼的眼神認真而熱烈，語調變得深沉。尚恩可以感覺到四周空氣微妙的變化。他的心臟突然劇烈跳動起來，但不是好的那種。

就算他沒有親身經驗，他也看過和聽過夠多別人的故事。不妙。最糟糕的是，他現在完全沒有迴避的機會。

他決定假裝看不懂伊曼的暗示。「嗯？」

不管伊曼怎麼和他開口，現在都太早了。在尚恩找到他們之間正確的相處距離之前，他沒辦法和伊曼討論他想討論的事。

「我一直在想……」伊曼緩緩地說道。

尚恩屏住呼吸。如果可以，他真想摀住耳朵，不要聽伊曼接下來準備拋下的炸彈。

伊曼的雙眼專注得像是要把他吸入其中。他清澈而真誠的眼神，使尚恩的大腦一片混亂。

面對這樣的一雙眼睛，他要怎麼把持自己該有的距離？

四周的空氣好像停止流動了一樣，就連白蛇樂團的音樂聲都彷彿是從很遠的地方傳來的。

尚恩盡可能不動聲色地嚥了一口口水。伊曼的綠眼在他臉上來回搜索，但尚恩不確定他看到了什麼。

就在伊曼準備開口的時候，一陣機械的震動聲偏偏在此刻響了起來。

「呃啊。」伊曼翻了個白眼，吐出一口長氣。尚恩也是，不過他很肯定他們的動機完全相反。

伊曼瞥了一眼放在茶几上的手機，皺起眉頭。雖然從他的角度看不見螢幕上的字，但是從伊曼的表情來判斷，尚恩猜測，那應該是他的家人打來的。

「你該接電話了。」尚恩提議。

伊曼看起來有點猶豫不決。但是經過幾秒鐘後，他還是伸手拿過手機，按下接聽。他看了尚恩一眼，然後按下擴音。

「媽。」伊曼說。

「伊曼，兒子。」

聽見女人的聲音，尚恩幾乎無法把她和伊曼手機中那張照片裡的女人聯想在一起。照片裡的女子雖然看上去有些憔悴，但是尚恩記得她的笑容十分美麗。此刻，電話中傳出的聲音卻沙啞而粗糙。那是飽經折磨的人才會有的聲音，人生所造成的每一道傷疤，都刻在她的聲帶上了。

「怎麼了？」伊曼問。「我這個月已經匯款給妳了。」

「我打給兒子就一定是為了錢嗎？」女人帶著鼻音，緩緩地說。「難道我就不能是因為想聽聽兒子的聲音嗎？」

伊曼閉上眼睛，深吸一口氣。「媽，妳喝醉了嗎？」

「我沒有喝酒。」伊曼的媽媽說。「我至少知道不要在大中午的時候喝個爛醉。」

「怎麼了，媽？」伊曼問。「妳知道，我現在手邊有點事，所以……」

尚恩目不轉睛地看著伊曼。他從來沒有看過他這樣，冷漠、抽離而僵硬。不知為何，就連伊曼的臉部線條，也似乎變得有點強硬，嘴角扯成下垂的弧度。

尚恩知道這是一段太過私密的對話，他不應該聽見的。但是伊曼選擇開了擴音，選擇讓尚恩成為這場談話的一部分，就算只是聽眾也一樣。

尚恩不想去想這意味著什麼。

「對，好。」女人說。她的聲音裡有什麼東西改變了。「我是要問你，連恩的畢業典禮，你會來嗎？」

伊曼沒有馬上回答。他只是咬著自己的嘴唇內側，一手把頭髮往腦後推去。

女人粗重混濁的呼吸聲從電話的另一邊傳來。

「嗯，我覺得應該不會。」最後，伊曼說道。

女人沒有說話。伊曼看了尚恩一眼，然後咬住下唇，繼續等待。時間一秒一秒過去，尚恩只是靜靜地等待著。

伊曼再度開口。「媽，妳有聽到我說話嗎？」

「你和你爸，你們都是一個樣子。」女人說。

「什麼？」伊曼說。「這和我爸有什麼關係？」

「你們都覺得，你們能就這樣一走了之。」女人的聲音依然沙啞，但現在她的鼻音變得更重了。「你們不覺得這個家是你們的責任。你們都覺得你們可以就這樣拋下我們，一切都和你們沒有關係。」

尚恩看見伊曼的下顎肌肉動了動。

「妳在說什麼？」伊曼說。「如果妳忘記了，我爸沒有『拋下你們』。他死了，記得嗎？」

尚恩注意到他說的是「我爸」，而不是「爸」。

「他沒有。」女人說。「他沒有。他只是不肯回家。他只是不想要和我們有關係了。」

伊曼深吸一口氣。「聽著，我真的沒有時間跟妳說這些。」他說。「連恩的畢業典禮，我不會去的。我沒有時間，因為我忙著賺他們的學費和妳的生活費——忙著在做妳該做的工作。」

「兒子——」

「不要再這樣叫我了。」伊曼說。「我不是。」

然後他掛上電話，把手機往地上一扔。手機從短毛地毯上方滑過，撞上早餐吧檯的底部。

伊曼的胸口劇烈起伏。儘管他沒有開口，但是他的臉色漲紅，額頭上的青筋正突突跳動。他的下顎肌肉緊緊繃起，尚恩幾乎可以聽見他咬牙切齒的聲音。他第一次看見伊曼這麼動搖的樣子，那個總是柔軟而溫暖的伊曼，也有這樣齜牙咧嘴的時候。

伊曼直瞪著茶几後方某個不存在的位置，好像完全忘記了尚恩的存在。尚恩只是靜靜地坐在沙發上，等待伊曼平復下來。

伊曼從鼻孔吐出一口長氣，然後轉頭看向尚恩。他微微勾起嘴角，但是那抹笑意並沒有延伸到他的眼中。

「現在你知道我為什麼不會跟約會對象說我的故事了。」伊曼低聲說。「因為她是個瘋子。」

「你的……繼母。」尚恩小心翼翼地說。他甚至不確定自己該不該這樣稱呼她。

就很多方面而言，他懷疑這個女人都沒有承擔起「母親」的責任。「她沒有工作了嗎？」

「沒有。因為她沒辦法工作。」伊曼嘆了一口氣。「我爸以前是建築工人，而他是死在一場工地意外中。在那之後，我媽就發瘋了——我是說真的發瘋。她一直無法接受我爸死去的事實，你剛才也聽見了，她還在堅持我爸只是不肯回家呢。」

說到這裡，他好像覺得很荒謬似的，把落在臉頰兩側的頭髮向後推去，笑了起來。

尚恩看著他，思索了一下，然後低聲說：「沒關係。」

他伸出手，搭上伊曼的肩膀。撇開他對這段關係所有的不確定、還有對自己的質疑，他無論如何都不想看到伊曼這麼痛苦的樣子。

伊曼在他面前展現的自我太真實了。這和那些故作憂鬱、想要藉機換取他人同情或好感的人不同，伊曼在他面前毫無保留，也毫不避諱讓尚恩成為他人生中的一部分。光憑這一點，尚恩就覺得他值得得到獎勵。

他順勢將伊曼攬進懷裡，雙臂環抱住他的脖子。伊曼的身體一開始還有些僵硬，但一會之後，尚恩便感覺到他的頭放鬆地靠在他的肩上。尚恩的手指輕輕爬梳著伊曼的髮髮。

「對不起。」伊曼用自嘲的口吻說。「我本來以為我媽是打來要錢的。我只是想要讓你知道，我說的故事不是騙人的。但我沒想到……」

「我不介意。」尚恩說。他在伊曼的頭髮上落下一個又一個輕巧的吻。「我是說，誰家沒有一兩個瘋子？」

聽見他這麼說，伊曼忍不住笑出聲來。「是嗎？」他把頭靠在尚恩的頸窩，喃喃說道。「那你家的瘋子長什麼樣子？」

「嗯，那得看你定義的瘋子是什麼意思了。」尚恩微笑。「但我覺得，也許是我吧。」

他的父母為了一個不可碰觸的神和虛無飄渺的教條，寧可放棄他們的兒子。而他選擇在父母拒絕了他之後，一個人從奧克拉荷馬的一座小城市跑到洛杉磯，只帶著一張存了幾百塊美金的提款卡，還有他做音樂的筆電。

「你一直都這麼自信。」伊曼說。「感覺就像你從來不曾懷疑過自己在做什麼一樣。」

「我嗎？」尚恩頓了頓。「嗯，那只是因為我很會表演而已。」

直到現在，他有時候都還會想，如果他當時決定留在土爾沙，他的人生會是什麼樣子。也許他會一輩子單身，在一家量販店裡工作，然後半夜看著成人片自己解決生理需求。也許他會與父母和好，假裝自己不再是同性戀，然後和一個不明究理的女孩結婚，而她永遠也不會知道，為什麼她的丈夫會和她相敬如賓，卻碰也不碰她。

伊曼的大手撫上他的背，挺直身子，將尚恩攬進懷裡。尚恩嗅聞著熟悉的氣味，短暫地閉上眼睛。

這樣的感覺太好了，好得令他幾乎沒有辦法堅持自己的決定。他和伊曼就像是他們說的「天作之合」。不論是他們的肉體、他們的幽默感，或者是在這種情境下，那種不用言說也能傳遞的安慰。

但是，尚恩的心底還有另外一個聲音不斷地拋出質疑。

伊曼是如此坦誠、如此純粹的人。在他和伊曼相識、相處的過程中，尚恩覺得，他和他過去的任何一個對象都不一樣。但尚恩真的可以相信他嗎？或者，尚恩能夠相信自己嗎？

喬治說，如果他想要尋找真愛，他就需要換一個方向找。而現在，當他真的找到了，如果他真的找到了——他卻沒辦法真正卸下自己的心防。

他還沒有準備好。他這輩子從來沒有這麼接近一段穩定的關係過，而他不禁有些懷疑，他真的有這個能力嗎？

尚恩靜靜地坐在那裡，擁著伊曼。但他不太確定自己接下來要怎麼做。

也許他不該這麼說，但是他其實有點慶幸伊曼的繼母是現在打來。不論伊曼剛才打算要和他說什麼，現在那個時機都已經過去了。

尚恩抬起頭，對上伊曼的視線。伊曼正來回打量著他的臉，眼皮半闔，好像在睡夢中一樣。

「怎麼了？」伊曼皺起眉，低聲問道。

尚恩微微一笑，吻上他的嘴唇。剛開始，他們的吻還柔軟而細碎。伊曼的舌尖輕輕掃過尚恩的下唇，像是在試探什麼。然後他的手指捧住尚恩的後腦勺，手指正好按在他後頸的凹陷處。舒適的感受使尚恩低聲嘆息，他閉上了眼睛。

也許他的心理在抗拒與伊曼更加貼近，但他的身體顯然有別的想法。

就連伊曼的吻都感覺好對、好完美，他從來沒有對任何一個人產生這麼強的依戀感，或是這麼多的糾結。他跨坐在伊曼的大腿上，粗壯的肌肉正好抵著他逐漸充血的器官。

他把這些感覺全部放進了他的吻裡。此時，他心中的不安和懷疑有多強烈，他的吻就有多炙熱。他抓著伊曼的衣領，將他拉近，然後微啟雙唇，歡迎他的舌頭進入他的口腔。

溫熱而柔軟的觸感，使尚恩覺得連身體都要融化了。「嗯……」他聽見自己的低吟聲，夾雜在溼潤的親吻聲之間傳出。出於某些原因，他只覺得更加興奮。

尚恩決定不要制止接下來的發展。利用肉體和性欲來掩飾他內心的問題，大概是他談感情時最擅長做的事了。

「我們還有時間。」他稍微從伊曼的唇邊退開，雙手摟著他的脖子。他在伊曼的嘴唇和臉頰上輕吻著，低聲說道：「想要做點什麼嗎？」

不等伊曼回答，他的手便探進他和伊曼的身體之間。他勃起的器官緊繃地頂著自己的四角褲，而在他手指靈活的撫弄下，伊曼的呼吸很快也變得粗重。

這一次的性愛似乎比前面的幾次都還要激烈，儘管並不是出自於正確的原因。

尚恩將伊曼壓在沙發上，跨開雙腿，潤滑過後，便將伊曼粗壯的男根緩緩地沒入自己體內。剛開始被撐開穴口的緊繃感，很快就被令他腦袋一片空白的快感所取代。

他的雙手撐著伊曼身後的椅背，腰肢在伊曼身上恣意搖擺、扭動。他聽得見自己毫不壓抑的喘息與呻吟，也感受得到伊曼的大手扶著他的臀部。被碩大陰莖填滿的感覺，使他失去了所有的思考能力。

「伊曼、伊曼。」他低喊道，把臉埋在伊曼的頸窩。

他突然感到下身一陣空虛，他還沒有反應過來，便整個人被伊曼壓倒在沙發上。伊曼俯身在他身上，將他的一條腿抬到肩上，然後對準他摩擦得發紅的穴口，一鼓作氣挺進。

「——啊！」在自己家裡，尚恩甚至不用壓抑自己的叫喊聲。

伊曼的抽插又快又猛，伴隨著他低沉的悶哼。然後他放下尚恩的腿，讓他的雙腿環在他的腰際。

「喔……伊曼。」尚恩低聲嘆息。「我好喜歡這樣。」

伊曼低下身子，吻上尚恩的嘴唇，將他的呻吟聲吞進嘴裡。尚恩緊緊抱住伊曼的脖子，將兩人的身體僅僅貼合在一起。

伊曼不斷撞擊著尚恩的前列腺，將一波波強烈的快感送進尚恩的體內。他的抽插速度越來越快，儘管尚恩的身體試著配合他的動作，但伊曼已經失去了規律的節奏感，最後尚恩只能任由伊曼主導一切，而他只是躺在那裡，讓自己被快感給征服。

「尚恩。」伊曼的嘴唇輕擦過尚恩的耳垂，喘著氣呢喃道：「我快要射了。」

尚恩只是抬起下半身，讓伊曼更加深入。在伊曼粗暴的進入下，欲望在尚恩體內堆積，直到他除了呻吟之外什麼也做不了。隨著他眼前一白，他的身體劇烈顫動了一下，然後便像是被抽乾了力氣一般，無法動彈。

在尚恩高潮之後，伊曼又重重挺進了幾次，才終於伏在他身上，暫時停止動作。等到尚恩回過神來時，他可以感覺到自己的肚子上一片黏膩。

「伊曼。」他低聲說，一邊推了推伊曼的肩膀。「我們得起來了。去清洗一下。」

但是伊曼沒有起身。他只是緩緩地擁住尚恩，臉頰貼著他的臉。

「我愛你。」

尚恩不確定是不是他的聽覺還沒有恢復，所以他幻想出了此時此刻他最害怕聽見的話。

那三個單字就這樣懸掛在半空中。尚恩沒有回應，只是躺在那裡，感覺身上的汗水逐漸冷卻，渾身的血液變得冰涼。伊曼的身體沉重地壓在他身上，使他喘不過氣。

不知過了多久，伊曼終於撐起身子，爬了起來。尚恩幾乎沒有辦法直視他的面孔。

伊曼的嘴角掛著淺淺的微笑，但是他的眼神是騙不了人的。尚恩可以在他的眼中看見無法掩飾的傷痛。

不知道為什麼，尚恩的胸口也像是被人掐住似地劇痛起來。

好笑的是，他以為他已經習慣心痛的感覺了。更準確地說，他習慣的是另一種路線的心痛。他早就見識過，在分手時那股令他手腳麻痺，只想要把自己藏在黑暗中哭泣的傷痛，而他知道那種痛苦是會隨時間過去的。

但是此時，看著伊曼的臉上就像被人打了一巴掌般錯愕、茫然與受傷的表情，尚恩懷疑，此時就連呼吸都會感覺到的刺痛，也許永遠也不會離開了。

「沒關係。」伊曼彎下身，撿起自己的內褲。「我知道這不能勉強。」

「伊曼，我不是……」

尚恩難得地張口結舌。不管他平常有多少聰明的話可以說，此時，他卻不知道該從何說起。他還能說什麼？他要說什麼才能讓伊曼好過一些？

「沒關係。」伊曼又說了一次。「別想太多，好嗎？」

然後他站起身，往浴室的方向走去。他沒有回頭，而尚恩不知道那是不是他的錯覺，但他覺得伊曼的站姿不像平常那麼挺直。

尚恩繼續躺在沙發上。他舉起一隻手，遮住自己的雙眼。肚子上殘留的精液變得冰涼，令他感到不舒服，但是那遠遠比不上現在眼眶熱辣刺痛的感覺。

尚恩·葛林又搞砸了一次戀愛。而他懷疑，這次他沒有辦法那麼快走出來了。

Chapter11

尚恩知道這是他自己造的孽，他得自己承擔後果。但是，老天，這比他想像得還要痛苦的多了。

那天晚上，他和伊曼一起前往俱樂部，但在車程中，伊曼一句話也沒說。儘管伊曼叫他別想太多，但是尚恩怎麼可能不去想？

伊曼的表情不像是生氣，不。他只是看起來很沮喪。尚恩不動聲色地看著他下垂的嘴角，還有蹙起的眉頭。此時沒有任何一句話，能使伊曼恢復精神，而尚恩知道他無法說出伊曼想聽的那幾個字。

對尚恩來說，談戀愛和「愛」是兩回完全不同的事。他享受和伊曼的相處，享受他們之間愉快的默契，但是真正愛上對方，意味著更多他不確定的東西。他得負起責任，他得對對方展露出更多的自己，但是就連他本人，都不想面對他心中的不安。

他不知道要怎麼做。

因此他沒有辦法對伊曼說出「愛」這個字。他甚至不確定這個字究竟是代表著怎樣的感覺。

他把頭靠在車窗玻璃上，看著窗外的街景，然後看見他們緩緩駛進了A區的停車場。

在尚恩解開安全帶時，伊曼卻動也不動。尚恩深吸一口氣，然後轉向他。「你還好嗎？」

「我等一下就好了。」伊曼對他微笑，但是尚恩覺得他的笑容，比哭泣更令他難受。「你先進去吧。」

「你呢？」

「我在這裡坐一下。」伊曼說。

尚恩有些遲疑，但伊曼只是伸出手，輕輕拍了拍他的肩。於是尚恩自己下了車，朝俱樂部的建築走去。他沒有去後台和其他舞者碰面，而是先前往吧檯，和調酒師要了一小杯威士忌。

「今天興致不錯喔。」調酒師歪著嘴評論道。

「酒精是所有藝術創作的基底。」尚恩回答。

喉頭和臉頰溫熱的感覺，讓尚恩緊繃的胸口稍微放鬆了一些。他接過調酒師遞給他的第二杯酒，一飲而盡。很好，這種有點無法思考、又有點飄飄然的感受，就是他現在最需要的狀態。

他爬上DJ檯，開始準備起今晚的音樂。

酒精幫助他順利地度過了前半場的表演。他已經很久沒有這種感覺了，在A區工作的這段時間來，他一直都太把注意力放在脫衣舞者們的身上，尤其是伊曼。在表演過程中，他總是無法將視線從伊曼身上轉開，他的眼中除了伊曼之外，再也容不下其他東西。

但是今天，他強迫自己專注在他的音樂上。他從觀賞者的角度中抽離出來，再度成為表演的主導者。他覺得自己做得很好——舞台上，舞者們強烈的性與力量的張力，似乎突然間鬆開了掌握他的觸手。他得以從一個更高的角度看待這些演出，觀察著燈光的變化，在風情萬種的舞曲上加入屬於他的註解。

一切都很好，直到輪到伊曼上場的時候。

在觀眾進入俱樂部之前，尚恩和伊曼都沒有在私下說到話，他只有從後台偶然瞥見伊曼和其他男人們談笑的瞬間。伊曼的臉色已經恢復正常，就連尚恩都忍不住感到驚訝，好像他們下午並沒有發生那場尷尬的意外。

只有一件事在提醒尚恩，那一切都是真的。因為伊曼自始至終，都沒有對上他的目光。

這場不是伊曼的獨舞，而是他和尼克的雙人舞。尚恩老早就知道他們今晚的計畫，他只是沒有料到下午的對話，會這麼嚴重地影響他看待這支舞的眼光。

尼克的身材高大壯碩，伊曼則結實而精緻。他們兩人共舞，對台下的觀眾來說，無論男女，都是令人血脈賁張的畫面。紙鈔紛紛落到舞台上，伊曼和尼克兩人則在如花瓣般的紙鈔之間起舞。

看著伊曼的手以撩人的動作掀起自己的上衣，還有他輕拉自己褲頭的模樣，就算有酒精幫助，尚恩也難以維持自己的冷靜。

伊曼的嘴角，仍然掛著他在舞台上時慣有的那抹自信的微笑。伊曼說尚恩好像從來不曾懷疑過自己在做什麼。但是這或許是尚恩的錯，因為他從來沒有對伊曼說過自己的不安和動搖。伊曼才是那個一直在閃閃發光的人，不浮誇、不張狂，但是卻充滿了腳踏實地的信心。

但是今天尚恩所做的事，卻抹去了伊曼身上的光芒。這都是他的錯。

伊曼的身體和尼克似乎有著絕佳的默契。雖然不帶情欲，但是他們配合音樂的律動，兩人互相交換的眼神，還有在他們成功掀起台下觀眾的一陣歡呼聲時，兩人相視而笑的表情，都使尚恩感到胸口刺痛。

他多希望他也能成為伊曼這樣的夥伴。但是他辦不到。他或許還是太自私了，到頭來，他還是只能先顧慮他自己。

尚恩把視線轉回眼前的音控台上。他發現眼前所有的旋鈕，都因為光線的關係而變得模糊。他用力眨了眨眼睛。一滴水珠順著他的鼻梁下滑，被遮住口鼻的黑布吸乾。一滴、兩滴，然後他的視線便再度清晰了起來。

他很慶幸他戴著遮住半張臉的布巾，也慶幸俱樂部的光線昏暗而跳躍，這樣就不會有人看見他在DJ檯上落淚的模樣。

營業時間結束時，尚恩溜進廁所裡，將他的三角巾拆了下來。他瞪視著鏡中的自己，此刻在紫紅色的光線照射下，他的黑眼圈大片得像是被人毆打過似的。

他的眼眶因為哭泣的關係而乾澀腫脹，他打開水龍頭，捧起水敷在眼睛上。

尚恩聽見廁所的入口被人推開。他鬆開手，抹去臉上的水滴，抬起頭。伊曼靠在門上，正打量著他。

「嘿。」伊曼緩緩說道。

他的心中有個聲音告訴他，此時正是他對伊曼坦白自己內心最好的時機，但是他身上所有的一切都在阻止他這麼做。於是他只能擺出他一貫的表情，一如往常地雲淡風輕。

「嗨。」尚恩對他微笑。「你要走了嗎？」

「我是想問你，要不要讓我載你一程。」伊曼說。「我是說，如果你還願意的話。」

答應他吧，有何不可？尚恩想著他們一起回到公寓裡，也許他們會一起沖個澡，然後一起上床睡覺。也許他們在明天尚恩去書店上班前，還能再打一炮，然後他們之間的尷尬和距離就會化解了。

但是尚恩現在一點也不想這樣做。
「我先不了。」尚恩回答。「我想回家，你知道，好好想一想。」
伊曼沉默了一下。然後他點了點頭。「我可以理解。當然。」
「好。」
「好。」
尚恩轉過身來，看著站在門前的伊曼。他正想開口請他站開，但此時，伊曼又說話了。
「你知道，你可以當作我沒有說過那句話。」他的聲音壓得很低，好像怕被別人聽見似的，儘管這裡只有他們兩個人。「是我不好，我不該在那個時候說的。我應該要等到更好的時機，而不是……」
「那不是你的錯。」尚恩說。他把手插進口袋裡，悄悄握成拳頭。「我只是一直都不擅長面對這種場面。」
伊曼點點頭。「對，我懂。」他思索了一下，然後對尚恩微微一笑。「不管你需要多少時間都行。只要你覺得舒服就好。」
「好。」尚恩說。
不過他不確定伊曼說他需要時間是什麼意思，是要讓他思考這段關係該何去何從，還是要他準備好，再來給出他想聽到的答案。

「這不是分手，好嗎？」伊曼咧開嘴，語氣變得輕快。「我們只是花點時間冷靜一下。」

「對。」尚恩勉強說道。這番對話已經開始讓他越來越不舒服了。

他們連正式交往也沒有，哪裡談得上分手？

伊曼湊上前來，尚恩反射性地閉上眼睛。但是那個吻沒有像他預料的一樣落在嘴唇上，而是額頭。

當伊曼終於從門邊站開時，尚恩希望自己的腳步看起來沒有那麼像在逃命。

他搭了 Uber 回家，在進家門時掏出手機。他猶豫了一下，然後打開他和伊曼的對話視窗。**「到家了」**，他寫道。

他不太確定自己現在究竟是以什麼身分在傳訊息給伊曼，畢竟根據伊曼剛才所說的話來判斷，他們大概也暫時不會出去約會了。

這天晚上，尚恩沒有睡熟。他一直睡睡醒醒，夢境和現實結合在一起，他不斷回想起伊曼對他說的那句「我愛你」，但是每一次，都在他來得及回答之前就會醒來。當他最後被鬧鐘真正打斷這場夢時，尚恩懷疑他根本就是中了這三個字的咒語。

他難得早早下床，沖了澡，然後前往書店。懷特質疑地看著他浮腫的雙眼，但尚恩只是假裝自己什麼都不知道。

接下來的日子，尚恩覺得他幾乎就像恢復到認識伊曼的那段時間。他去書店上班，為孩子們說故事，然後前往A區表演。

但是他知道一切都不一樣了。

伊曼有時候還是會傳簡訊給他，他們在俱樂部也一樣會見面。伊曼的訊息都很簡單，多半是問候，或是確認他到家了沒。

這些訊息對尚恩來說都還不算難應付，只是伊曼不再約他出去，也不再到他家一起打發時間。

就連那時候和夜店服務生分手時，尚恩都不覺得有這麼難以面對。就這方面而言，他很確定他對伊曼的感覺，和對任何人的都不一樣。

當他看見伊曼和別人聊天大笑時，他的心臟就會像是被針戳到似的疼痛。他看見伊曼和別人相處的快樂，就會想到他所失去的東西。但他知道那都是他自己搞砸的，他沒辦法埋怨。

他試著用以前那樣的高姿態和自尊來面對對方，但是他又無法辦到。以前那些人，當他們分開時，他都知道他們是真正結束了。他不會再對他們抱有幻想，也不會有任何期待，他也知道他們未來再也不會見面了。

但是關於伊曼的事，他卻什麼都不知道。他們還在同一個地方工作，也還持續保持著聯絡。因此他只感覺彆扭至極，說什麼都不對，做什麼也都不對。

時間一天天過去，直到大學畢業典禮的那個日子。

尚恩其實一點也不想知道畢業典禮是哪一天，但是那個生日女孩又指定了伊曼的獨舞。當音樂為了配合舞者與觀眾的互動而趨於平緩時，就算尚恩不想聽，他也無法忽視觀眾群中，女孩的朋友們七嘴八舌地尖叫、歡呼，說她們終於擺脫學生身分的事實。

「既然如此。」他聽見伊曼在舞台上說。「那我們當然得給這位公主一點不一樣的了。對吧？」

觀眾們興奮地狼嚎起來。

尚恩無法不注意到女孩泛紅的面頰，還有她那一身精心打扮。她真的像個公主——真要說的話，還有點像是伊曼照片中妹妹的樣子。

她的金髮捲成優雅而完美的弧度，身穿一件白色蕾絲堆積而成的小洋裝，肩帶細得幾乎看不見，裙襬短得幾乎遮不住她的大腿根部。她手上舉著一杯馬丁尼，頭上頂著閃閃發光的小皇冠。她臉頰上的紅暈不只是因為興奮，還有酒精的刺激。

伊曼站在舞台邊緣，對她伸出手。女孩放下酒杯，爬上舞台。伊曼領著她來到舞台中央的椅子旁，燈光便暗了下來。一盞聚光燈，打在站在女孩身前的伊曼身上。

照理說，此時應該是音樂要開始的時候了。但是尚恩的心不在焉使他慢了幾秒鐘，伊曼便往他的方向瞥了一眼。

尚恩像是被火燙到般，瑟縮了一下。

專業，尚恩。他提醒自己。別讓愚蠢的感情事影響你的表演品質。

女性歌手性感的菸嗓緩緩吐出歌詞，伊曼的身體也開始隨著音樂擺動。尚恩看著他的手看似親密地撫過女孩的肩膀上方，一邊對著她扭動起髖部。女孩興奮地大笑不止，伊曼則露出微笑，將臉湊向女孩的臉。

然後他抬起女孩的一條腿，往自己的腰際拉去。儘管理性上知道這都只是表演的一部分，但從尚恩的角度，他就像是在看著兩人在他面前做愛。伊曼扭動身體的姿勢，他身上肌肉因為用力而繃緊的線條，對尚恩來說，都再熟悉不過了。

只是現在這東西是屬於俱樂部的，屬於觀眾的，屬於這個女孩的。而在黑暗中的尚恩，只感到難為情又挫敗。如果他能夠回應伊曼的感情，屬於他的東西就會回來了。但是他怎麼能那麼輕易就把那句話說出口？

尚恩此刻終於意識到，他或許很懂約會的各種訣竅和模式，但是真正的感情，他是一點也不懂。

台上的伊曼，將女孩的身體從椅子上抬了起來。觀眾群一陣鼓譟。女孩的雙臂緊勾著伊曼的脖子，就像是熱戀中的情侶。

「夠了，尚恩。」尚恩在三角巾的後方，低聲斥責自己道。「專心。」

他知道伊曼是同性戀。這女孩和他根本就沒得比。

但是為什麼當他看著女孩注視伊曼的熱烈眼神時，他卻會感到自己的胸口像是有火在燃燒一般，難受得令他無法喘氣呢？

舞台上的燈光閃爍，使尚恩的眼睛刺痛不已。

就在鼓聲和樂器一層層疊加，舞曲來到最高潮的時候，女孩捧住伊曼的臉。然後在所有人的驚訝的目光和驚呼聲中，她低下頭，狠狠吻上伊曼的嘴唇。

尚恩愣在原地。音樂聲暫時從他的耳中消失了，而女孩與伊曼接吻的動作就像定格似地，停留在尚恩眼前。

這樣不符合規定。除了舞者的表演效果之外，任何不在表演內容的中的肢體接觸，都是違規的。為什麼伊曼沒有推開她，為什麼他容許她這麼做？

一切都只是表演罷了，一個聲音在尚恩腦中這麼說。這只是逢場作戲，他可是脫衣舞男，記得嗎？

尚恩不確定自己是怎麼把這首曲子完成的，也不記得伊曼後來是如何把女孩放下，並結束這支舞蹈。

這場舞為伊曼賺來數不清的小費，還有幾乎足以掀掉俱樂部屋頂的鼓掌與歡呼。

退場時，他經過尚恩身邊，遲疑地停下了腳步。尚恩知道他有話想要對他說，但是他只是定定地直視著前方，沒有回應他的目光。

那天晚上，在尚恩準備要睡覺之前，伊曼打了電話過來。

尚恩本來不打算接的，但是看著伊曼的名字在螢幕上閃爍，他還是沒有辦法狠下心拒絕。

「尚恩？」

「怎麼樣？」

「聽著，我知道你看到珍娜吻我的事。」

沒有寒暄、沒有打模糊仗，伊曼開口就直接切入了重點。很好，這很伊曼。

「對。」尚恩說。「我看到了。」

他把自己埋在被單裡，閉上眼睛。

「那不是你想的那樣，我——她——」伊曼挫敗地嘆了一口氣。「我完全不知道她打算要這樣做，好嗎？她不應該那麼做的。」

「好。」尚恩回答。

「我馬上就阻止她了。」伊曼聽起來很沮喪。「我沒有讓她……」

不知為何，尚恩覺得胸口湧起一股奇怪的感覺。他幾乎要忍不住笑出聲來。這實在是太荒謬了。伊曼到底為什麼要向他解釋？好像他欠了他什麼似的。好像他有義務要滿足尚恩的什麼期待似的。

然後一把怒火突然從他的心底燃起，取代了差點就脫口而出的笑意。

他們現在為什麼在進行這番對話？伊曼覺得他們是什麼關係，需要他這樣小心翼翼地保護？

他們什麼都不是。他們只是約過幾次會，上過幾次床而已。這不代表任何東西。

「你知道嗎，伊曼？」尚恩打斷他的話。「你不需要對我解釋這些。」出乎他的意料，他的聲音比他以為得要冷靜多了。

伊曼在那一頭愣了愣。「這是什麼意思？」

「我是說，我不介意。」尚恩簡短地說。「我不在乎。那只是工作，我懂。」

「但是，尚恩，那不是——」

「我很累了，伊曼。」尚恩說。「如果你不介意，我想要先休息了。」

「那不在規範裡，是她越界了。我如果早點知道……」

「晚安，伊曼。」尚恩說。

然後他掛掉電話。

他半預期著伊曼會再打一通電話過來，但是他沒有。

睡著之前，尚恩將自己的臉蓋住，無聲地哭了起來。就連在自己的房間裡，落淚對尚恩來說也是一件太丟臉的事。他用被單將溢出眼眶的淚水吸乾，並把嗚咽聲吞回肚子裡。

他不知道他為什麼要這麼堅持。他只知道，現在的他什麼也做不到。

尚恩．葛林變得非常悲慘。

他依然在書店上著班，晚上在A區表演。但除了這兩份工作之外，他其他的時間都不知道是怎麼度過的。

不，這麼說不對。他知道自己的時間都是怎麼過去的。他花了一個星期的時間，除了工作以外，其他時候都躲在家裡。他不想和任何人說話，也不想見到任何人——這對他所從事的工作來說，簡直是不可能的任務。

就連懷特都注意到他的脾氣變得十分古怪。有時候尚恩會在應該要結帳的時候放空，甚至沒有注意到有客人站在他面前；有時候他會把應該要上架的書放錯地方，把情欲小說放到兒童小說的書架上，讓帶小孩來書店的父母困窘不已。

經過一個星期後，懷特再也看不下去了。

「你得讓自己振作一點，尚恩。」他對尚恩說。「去運動，或是去找個人約會。或者你暫時休假一陣子也行。但你得集中注意力，好嗎？」

尚恩不想要休假，他寧可手邊有些事情做，讓他轉移注意力。他不想去運動，因為他好像喪失了力量，整個身體都懶洋洋的。

但是出去約會，這點他還可以做得到。

這樣想大概不是很好，但有個人能填補他空下來的時間，也不算是一個壞主意。尚恩沒有什麼心思認真挑選對象，他只是把認識了伊曼之後就移除的交友軟體又載了回來，並在自己的個人檔案中寫上：尋找朋友、輕鬆約會的對象。

尚恩的外型在交友軟體上本來就很吃香，而他這次並沒有特別縮限自己的尋找範圍。用不到半天的時間，他的私訊欄就累積了數十個未讀訊息。

看著一則則打招呼的訊息，尚恩只覺得想笑。他的虛榮心並沒有得到任何滿足，真要說的話，他只更加覺得自己可悲。

尚恩隨便挑選了一個看起來還算順眼的亞洲人，和他約了書店休假日的午餐時間。

他並不討厭這個人，也不討厭接下來約他出去的任何一個人。但他也不喜歡他們，他對那些人一點感覺都沒有。他只是在吃飯的過程中一次又一次地重複一樣的自我介紹，並心不在焉地聽那些人說自己的事。

用餐過程每一次都還算順利，但是每當有人想要吻他、或是想要將他帶往其他地方時，尚恩的腦中就會閃過伊曼的臉，而他的身體便會產生一股本能的排斥。他只能拒絕那些對象，而有些人還算紳士，有些人則會直接惱羞成怒。

「如果你不打算至少給我一個吻，那就不要說你在找輕鬆約會的對象。」其中一個男人在試圖親吻他卻碰壁後，怒不可遏地說。「你就只是他媽的在浪費我的時間而已。」

「我也是這麼想。」尚恩回答。「很高興我們終於有共識了。」

男人臉上的表情，讓他很慶幸他們是約在中午的一間中式餐廳，四周人滿為患，因此男人不能在大庭廣眾下揍他。

他知道他確實是在浪費時間。這些人的名字，他根本一個也沒記住。他只是想要透過盲目的約會轉移自己的注意力，但是他發現事實和他的設想背道而馳。

一個星期兩次毫無意義的飯局，只是讓他更加肯定，自己無法把伊曼從他心中剔除。

最可笑的是，這段時間中，他每天都在等伊曼的訊息。但是在他們那通尷尬的電話過後，伊曼就也不傳簡訊給他了。他們只會在俱樂部裡短暫地打到照面，而伊曼的態度，就像是他們之間什麼都沒有似的，對他說話時，就像是在對某個只有一面之緣的路人，客氣而疏離。

尚恩覺得自己就像是被無形的陷阱給困住了。不管他往哪個方向走，都有一股無法指名的力量將他拉回原地。

他花了短短四個月的時間，就讓自己陷入一段他沒有能力經營的感情，然後他怎麼樣都無法從這個泥沼裡爬出來。

他這個人，一定有哪裡非常、非常不正常。

Chapter12

「你又在放空囉，老兄。」克里斯的聲音從一旁傳來，使伊曼一驚。他回過頭，看見克里斯從後台的布幕中走出來。

「我沒有。」伊曼回答。

「嗯，我想也是。」克里斯笑了，在他身邊坐下，和他一起看向漆黑一片的觀眾區。「你只是一個人坐在黑暗中，看著空無一人的舞廳。我猜你是睜著眼睛打瞌睡吧。」

聽見克里斯的說法，伊曼也忍不住笑出聲。

「你是怎麼啦？」克里斯問。「噢，不，你先不要回答我。讓我猜……跟尚恩・葛林有關係嗎？」

伊曼知道最好的方式就是裝傻，但是有點太遲了。他皺眉的樣子，當然逃不過克里斯的眼睛。

克里斯對他兩手一攤，伊曼便嘆了一口氣。

「算是有關，也算是無關吧。」他說。

「怎麼說？」

「我不知道。」伊曼回答。而他不是在找藉口搪塞；這是他最真誠的感受。

伊曼一點也搞不懂尚恩在想什麼。

事實上，他開始懷疑，從他認識尚恩到現在，他從來沒有搞懂過尚恩的想法。

尚恩一直都是那麼充滿自信，面對什麼事情都泰然自若的樣子。在他們的關係剛開始加溫時，伊曼以為他知道尚恩對他多麼有好感。至少透過那些火熱的性愛，以及大量的相處時間，伊曼覺得他並沒有誤會什麼。

然後……然後在他以為他們即將穩定下來時，尚恩突然就變了。他一開始還以為是自己想太多了，畢竟被愛情沖昏頭的人，總是會一不小心就鑽牛角尖，對吧？

直到他不小心對尚恩脫口說出那句愛他之後，他才肯定，那一切都不是他的錯覺。

尚恩的態度冷淡得令他緊張，也冷靜得令他害怕。

伊曼沒有去參加弟弟的畢業典禮，而在畢業典禮那一天，他的媽媽和弟弟輪流打了好幾通電話給他。伊曼一通都沒有接。

或許是因為這樣，他在珍娜畢業的那一天表演上，他投入了太多的個人情感。但是他完全沒有想到，珍娜會在舞台上吻他。

現在回頭來看，這一切根本都太明顯了。珍娜也許是真的年紀太輕，因此她沒有辦法把伊曼在舞廳的表演和對她的善意切割開來。他們甚至沒有私下的聯絡方式，伊曼不知道她為什麼會以為他對她有超過舞者與觀眾的感情。

他當下立刻就藉著舞蹈動作，將珍娜從他身上拉開，放回地面上。他可以感覺到珍娜的失望，但是他更在意的是身處在黑暗中的尚恩。

「對不起。」在表演結束時，珍娜低聲和他這麼說。「是我越界了。」

伊曼只是輕描淡寫地微笑，打發掉她說的話，然後將她送下舞台。但是伊曼猜測，以後他不會再在俱樂部裡見到珍娜了。

後來伊曼打了電話，試圖向尚恩解釋這場出乎意料的表演，但是尚恩不願意聽。

「我不介意。」尚恩是這樣說的。「我不在乎。那只是工作，我懂。」

嗯，當然。尚恩一直以來都是這樣，從一開始就是。伊曼打從一開始就知道他是約會領域的老手，他當然知道要怎麼拿捏自己和約會對象的距離了。

但是伊曼還是寧可相信，他對尚恩來說有那麼一點點不一樣。

在尚恩掛了他的電話之後，伊曼差點就衝動地回撥了。但是他狠狠咬著自己的嘴唇，直到冷靜下來為止。他把手機塞到枕頭下方，阻止自己打出第二通電話。

如果尚恩需要時間和空間，那他也不會逼他。伊曼知道當一個人不想和你說話時，你一直糾纏，只會把對方推得更遠。他自己不就是在媽媽和弟妹不斷地索求之下，才越逃越遠的嗎？

在俱樂部碰面時，伊曼也竭盡自己所能地不去打擾他。每當他看見尚恩一個人往後台走去，前往DJ檯時，他總想追上前去，就算只和他多講兩句話也好。但是他會立刻提醒自己，等尚恩準備好的時候，他就會來和他說話了。所以他只保持最基本的友善和尊重，在舞者們和尚恩聚在一起時，他只像和所有其他人對話那樣，盡可能把他們之間的尷尬和距離掩飾得不著痕跡。

他不確定他們接下來要何去何從。他連自己什麼時候能再打電話給尚恩都不知道。

所以，對，他現在的心情和尚恩有關，也和尚恩無關。更準確來說，是和尚恩的不存在有關。

「嗯，就算你不說，大家也都知道你和他之間有點什麼。」克里斯說。

伊曼轉向他，瞪大眼睛。「是嗎？」他撇了撇嘴角。「我還以為我們很低調了。」

「當然不是說你們常常在對彼此上下其手那種。」克里斯歪著嘴一笑。「就這點而言，我是滿感謝你們的。但是真要說的話，我覺得更明顯的是在你們出問題之後。」

「例如？」伊曼挑起眉。

「就像是有人把你身體裡的燈關掉了一樣，你知道嗎？」克里斯說。「尤其是在暑假開始之後。」

伊曼咬著自己的口腔內側，思索著他說的話。

「我是說，學校放假了，你應該有更多時間休息了才對。」克里斯直視著他。「但是你變得更沉默，更……我不知道，更累了？」

聽見克里斯的說法，伊曼吐出一口長氣。「你沒有說錯。」

暑假期間，對伊曼來說，白天的時間變得格外難熬。學校放假，他能暫時卸下身為老師的身分，但是現在他手上的空閒時間，反而使他更難放下尚恩。

為了轉移自己的焦點，為了不要成為別人口中「可怕的前任」——伊曼在洛杉磯的一間小餐館裡兼了一份服務生的工作。這只是暑假期間的短期兼差，但對他的生活不無小補。

而當伊曼在餐館清理桌面上的空盤和飲料杯時，他一直接到連恩寄給他的簡訊。

「伊曼，我得跟你聊聊。」

「有空的時候可以打給我嗎？」

「你在忙什麼？？？」

伊曼甚至連點開訊息都沒有，就直接按下刪除鍵。

他知道他該跟弟弟討論獎學金的事。

他知道他們最近一直頻繁地打電話給他，很大一部分的原因，是為了要叫他拿出錢來，讓連恩去上大學。伊曼甚至不清楚他申請了哪些學校，也不知道他有沒有動用一點自己的努力，來試著讓自己的未來明朗一點。

他知道在畢業典禮過後，一切都太遲了。連恩今年不可能有獎學金的計畫，但是自從尚恩毫不避諱地點出他的媽媽和弟妹，基本上其實和他沒有關係之後，伊曼彷彿就能以更抽離的角度看待他的弟妹們了。

他們的未來不是他的責任。他在那個年紀的時候，他就已經很清楚，他的未來不是任何人的責任了。他們也應該要學會這件事。

這些讓人煩心的事情，最糟糕的部分在於沒有一件事的主控權在伊曼身上。他只能被迫承受，而他唯一能做的，就是把這些東西藏起來，這樣它們才不會過度占據他的大腦。

表面上，他還是那個誠懇、溫和的伊曼。只是他覺得他的內在，正在一點一點地失去活力。

嗯，但現在看來，或許他也藏得沒那麼好。

「我在一間餐廳兼職。」伊曼說。「只是暑期打工，開學之後就會停了。」

克里斯挑起眉。「你怎麼不跟我說？我可以向我老闆推薦你啊。」

「然後把你的排班搶走嗎？」伊曼勾了勾嘴角。「我知道你也不算是富二代。」

克里斯笑了起來。他們兩人之間陷入一陣短暫的沉默。

伊曼觀察著克里斯的模樣。他知道就某方面來說，克里斯和他的處境差不多，這又更加強了他不想要繼續資助連恩的想法。克里斯，還有俱樂部裡的其他人，都是在為了自己的未來而努力，為什麼他弟弟就不行？

「總之。你還好嗎，老兄？」克里斯說。「老實說，我有點擔心你。」

「我還可以吧。」伊曼回答。不過他知道自己的標準放得有點低了。

「不管你們發生什麼事，你得小心一點，好嗎？」克里斯說。「如果你和尚恩的事情影響到工作，愛琳不會太高興的。」

伊曼勾起嘴角。「我覺得我們都還算專業。」

「你們是很專業。」克里斯回答。「但是……接下來的話，你就當作是我多嘴了吧。」

「說吧。」

克里斯傾身靠向他，直盯著他的雙眼。「不管怎麼樣，你都得跟他談談。」

「嗯，我就知道你會這麼說。」伊曼說。「現在的問題是，我們不算是有在溝通的狀態。」

光是想到要和尚恩私下對話，伊曼就感到腸胃一陣翻攪。這實在太讓人挫折了——他和尚恩明明有那麼多話可以說。從什麼時候開始，他卻連主動和他開啟對話都不敢了？

和尚恩開始約會後到現在，伊曼一直在發掘出全新的自己。他從來沒有想過，他會是這麼害怕被拒絕的人。他想著有可能會石沉大海的訊息，或是一通通進入語音信箱的電話。天啊。殺了他吧。

「當然啦，如果你覺得你們現在這樣比較理想，你可以假裝我們這個對話沒有發生過。」克里斯咧開嘴。「畢竟，我現在一個單身漢，有什麼資格給別人感情建議？」

「這可不是我說的。」伊曼回答。「我只會說，你年紀還太小了。」

克里斯大笑出聲。伊曼打量著他，試著在心中回想他的年齡。他似乎也才和珍娜差不多大而已，就是大學畢業生的年紀。只是這對伊曼來說，已經是非常久以前的事了。

克里斯的大手拍了拍他的肩膀，然後撐著他的身體站了起來。

「撇開工作什麼的不談。」克里斯低頭看著他。「我只是不喜歡看你現在這樣。」

「謝了，老兄。」伊曼點點頭。「我很感激。」

「小事。」克里斯說。「現在，快點回來健身房吧。肌肉可不會自己長出來喔。」

伊曼從舞台上爬起來，跟在克里斯身後。

和尚恩談談吧。這個念頭在伊曼的腦中盤旋了好幾天。他該和他談談嗎？怎麼談？要談什麼？

更重要的是，尚恩會想要和他說話嗎？

這段時間，他覺得他們的關係好像是要結束了。或者說，已經結束了。他們就算真的約了見面，伊曼又該怎麼看待他？前男友？朋友？太多問題了，伊曼不知道該從哪一個開始應付。

而在這幾個月的時間裡，他們似乎已經達到了一個全新的平衡點，伊曼已經逐漸習慣他和尚恩之間這種遠遠的距離了。

只是有時候，當他看著尚恩纖瘦的身影從後台離開，獨自朝入口走去時，伊曼還是會感到心底有疼痛在隱隱作祟。

暑假很快就過去，學期即將再度開始。

俱樂部的人潮反而不減反增，伊曼猜測，那是因為返鄉過暑假的大學生們，現在全部都回來了。他不知道為什麼現在的大學生，會有這麼多現金來俱樂部消費，但對伊曼來說，小費當然是越多越好。

「伊曼。」

一隻手搭上伊曼的肩。陌生又熟悉的聲音使他的心跳一陣混亂，伊曼像是觸電般倏地轉過頭。只見尚恩站在他身後，臉上的三角巾還沒有戴上。

此時，俱樂部中正放著事先編好的舞曲，讓觀眾們在舞池裡跳舞。舞者們正在後台做最後的準備。伊曼已經換上了等一下表演的第一套服裝，一身合身的西裝外套和長褲，裡面配上只有三顆釦子的襯衫。

「什麼？」伊曼有點生疏地說道。

「沒什麼。」尚恩的嘴角浮起他熟悉的微笑，他的手插在口袋裡，兩人之間保持著一隻手臂的距離。「我只是在想，你下星期有沒有空？」

伊曼無法克制嚥下口水的動作。這段時間以來，他一直在想像聽見這句話會是什麼感覺。而現在，他只覺得思緒一片混亂，無法思考。

尚恩來約他見面了。他想要對他說什麼？伊曼很清楚自己想要聽見什麼。但是他很害怕他會得到完全相反的答案。

「呃，當然。」伊曼有點太慢地回答。「我是說，你想約哪一天。」

「其實呢，我原本比較怕你不會想要跟我見面。」尚恩戲謔地說道。「但我會再跟你說我下星期的排班。」

「好。」

伊曼的心臟怦怦狂跳，他還想要和尚恩說些什麼，但是尚恩已經從口袋裡掏出他的黑色布巾，準備往舞台上走去了。

「噢，對。」尚恩對他微笑，在經過他身邊時，伸手拉了拉他的襯衫。「你今天的造型很好看。」

這套服裝，伊曼已經穿過很多遍了，尚恩也不是沒見過。伊曼懷疑，他只是想要找藉口對他說話而已。

看著尚恩走上DJ檯的背影，伊曼無法抑制自己的嘴角上揚。

伊曼照著約定時間出現在他們第一次約會的那間小家庭餐廳。他還沒有推開玻璃門，就看見尚恩坐在那裡，在同一張桌子旁。伊曼的心臟重重撞擊著他的胸腔。這感覺和他們第一次見面前很像，又有些不一樣。他和當時一樣忐忑不安，但當時他不確定對方會怎麼看待他，也不知道未來自己坦承了一切之後，對方還會不會接納他。而現在呢？他覺得自己簡直就像是來接受法院宣判的。

究竟他和尚恩還有沒有辦法走下去？

光是想到其中一種可能性，伊曼就覺得心臟一陣絞痛。或許這感覺會過去——他知道一定會過去，但是如果可以選擇，他還是不想經歷那一切。

當他推開門時，尚恩便從手機上抬起頭，往他的方向看過來。今天的尚恩沒有戴眼鏡；他看起來就像他們第一次見面時那樣，美麗而清新。

「嗨。」尚恩說。

伊曼看見桌子上已經擺了一杯屬於尚恩的飲料，而在伊曼的位置上，也有一個裝了白開水的杯子放在那裡。

伊曼忍不住微笑起來。

「嘿。」伊曼說。

他在白開水的前方坐下。尚恩就在距離他只有一個手臂的距離。這是這三個多月以來，他第一次和尚恩獨處。他很想要碰觸他，想要握住尚恩放在桌面上的那隻手。但是他只是拿起杯子，喝了一口。

「小學什麼時候開學？」尚恩問。「過了太久，我都已經忘記了。」

「上星期。」伊曼說。「我猜應該很多家長都鬆了一大口氣。」

尚恩微笑。「我想也是。」他說。「有很多家長都沒辦法忍受和自己的小孩二十四小時待在一起。」

伊曼聳聳肩。「嗯，我們都略知一二，對吧？」

「對。」尚恩說。

服務生來到桌邊，為兩人點了餐。伊曼照例點了一個吉事漢堡配沙拉，尚恩則只點了一份薯條。伊曼一點也不餓，他只覺得自己的肚子翻滾糾結得難受。

等到服務生離開後，兩人短暫地沉默了一會。尚恩只是垂著視線，把玩著手邊的餐巾紙。伊曼小心翼翼地打量著他。

尚恩抬起眼，正好對上伊曼的視線。伊曼強迫自己不要轉頭。

「所以，這段時間。」尚恩輕聲說道。

「怎麼樣？」

尚恩停頓了一下，好像很難把自己想說的話說出口。伊曼耐心地等待著。

「我很想你。」尚恩說。他的聲音很細，輕得幾乎連伊曼都快要聽不見。

但是光憑這句話，伊曼就想要把他攬進懷裡。只要尚恩心中還想著他，他一點也不介意這三個月的生疏和沉默。

「我也是。」伊曼說。

他伸出手，試探性地碰觸尚恩的手指。尚恩沒有抽開。伊曼深吸一口氣，將他的手指握在手中。伊曼知道他現在這樣，就像是第一次談戀愛的青少年，就連牽手，對他來說好像都是一件難如登天的事。

但就某方面來說，他確實就是第一次戀愛。他從來沒有遇過像尚恩這樣的人，也沒有對任何人坦承到他對尚恩這樣的程度。

「我覺得我是自己搞砸了，你知道嗎。」尚恩說。他的手一轉，握住伊曼的手掌。他的大拇指輕輕擦過伊曼的手背。「這幾個星期，我想了很多。」

伊曼微微一笑。「是嗎？」他說。「像是什麼？」

「我知道，這對我們兩個人都不好受。」尚恩說。「我也知道我的作法很幼稚。完全不和你聯絡，或是再去和別人約會……這只讓我自己更難受而已。」

伊曼點點頭，等著他繼續說下去。他在腦中細細思索尚恩說的這句話，然後他突然覺得渾身的血液一涼。尚恩在說什麼？

「等等。」他聽見自己僵硬地開口。「你說什麼？」

尚恩愣了愣，好像沒有預料到伊曼會有這個反應。「什麼？」

伊曼覺得自己很難把這句話覆誦出口。光是在心中想像這句話，就讓他覺得好丟臉。他的腸胃一陣翻攪，就連現在握著尚恩的手，都像是一種赤裸裸的嘲諷。

伊曼鬆開手指，硬生生地把手抽了回來，塞進口袋裡。他向後靠在椅背上，而儘管他和尚恩之間的身體距離沒有改變，但現在他們之間好像多出一道無法突破的玻璃屏障。

伊曼咬著嘴唇內側，直到他吃痛地瑟縮了一下。不過他不太確定自己現在究竟是皮肉在痛，或是心裡。

提出這個問題，令他覺得自己像個幼稚的學生。但是不開口，卻會讓他覺得自己是個徹頭徹尾的白痴。「你在和其他人約會？」

這是他第一次看見尚恩的臉上閃過一絲驚慌。他顯然沒有料到對話會往這個方向發展。伊曼忍不住在心底冷笑。是啊，誰不是呢？他也沒有想過會從尚恩那裡聽到這句話。

他直盯著尚恩的雙眼，等待他的回答。

「我是有和其他人出去。」尚恩緩緩地開口。「但是不是你想的那樣。」

而伊曼不需要聽他說更多了。

這段時間以來，他以為尚恩是需要時間想清楚他們兩人之間的關係。他以為尚恩是在考慮要不要和他繼續下去。但是現在，顯然尚恩已經再度恢復單身的習慣了。

他回想著他和尚恩剛開始約會時的進展。三個月。三個月的時間裡，他和尚恩都已經快要住在對方家裡了呢。

想到這段時間裡，尚恩和任何一個人有可能會做的事，伊曼就覺得像是一拳重重打在他的腹部。

理性上，他知道尚恩不欠他什麼。他們甚至連關係也還沒有確定下來，他們沒有開始交往，所以連分手也算不上。在這種狀況下，他確實不能要求尚恩為了他，斷絕自己的其他機會。

但是他無法阻止自己的心感到一種背叛般的刺痛。

好像他這段時間對尚恩的期待和等待，全都是他的一廂情願而已。或許這就是事實。而他現在除了笑話以外，什麼都不是。

伊曼用力嚥了一口口水，深吸一口氣。他不會在這裡說出任何讓他自己後悔的話。他不會的。

「我以為我們對這段感情的看法還在同一條線上。」他小心翼翼地說。他的聲音不像他期待中的那麼穩定，但是還算可以接受。「但顯然是我想太多了。」

尚恩看起來很困擾。平時總是冷靜自持的尚恩・葛林，此刻看起來動搖不已。但是伊曼沒有心思去猜測，他這樣的表情是代表他誤會他了，或是因為事跡敗露而感到尷尬。

伊曼只覺得荒謬又可悲。認識尚恩到現在，他居然還是無法解讀對方的表情。他究竟憑什麼覺得他在尚恩心中有一席之地？

尚恩的嘴唇動了動。「伊曼，我不是──」

伊曼搖搖頭，打斷了他。「和你在一起的時候，我一直都在配合你。」他知道此時說這些，只會顯得他在戀愛市場中有多麼不成熟。但是伊曼從來就不是一個擅長說謊的人。「我對你坦白了很多事，我全心全意地信賴你。但是你呢？你從來沒有投入同樣程度的信任。」

尚恩抿起嘴唇，沒有馬上回答。

最後，他低聲說了一句：「我努力了。」

伊曼不禁失笑。現在回想起來，和尚恩相處的過程中，他從頭到尾都是被尚恩牽著鼻子走的那個人。他的尊嚴早在不知道什麼時候，就已經被拋到腦後去了。有很長一段時間，他只希望能和尚恩在一起，不論尚恩希望用什麼方式、或是用怎樣的距離。

他從頭到尾都被尚恩把玩於股掌之間。自始至終，這一切都是別人的點子。而他只是愚蠢地在配合對方的遊戲規則而已。

真要說起來，他在人生中的每一段關係、每一次感情，他都是被人踩在腳下的那個人。面對家人的時候是如此，談感情的時候也是如此。

他到底要到什麼時候才能擺脫這種悲哀的處境？

「嗯，那顯然你的努力還不夠。或者我真的配不上你，所以你才沒辦法對我同樣地用心。」伊曼感覺到鼻頭一陣酸澀，但他不知道自己是在為哪一件事傷心。靠。他是個年近三十歲的男人。他不會在這種時候落淚的。「但是你猜怎麼樣？現在我突然覺得無所謂了。」

伊曼再度深呼吸，然後強迫自己對尚恩露出一抹微笑。他用盡全身的力氣，在對上尚恩的視線時，也不把頭轉開。

尚恩的身子從椅子上站了起來。他俯身越過桌面，想要碰觸伊曼的手臂。

「伊曼。」他說。

伊曼向一旁退開。儘管只移動了不到一吋的距離，但是他的肢體動作已經很明顯了。尚恩的手指像是被不知名的東西電到一般，瑟縮了一下。他緩緩坐回自己的位置上。

服務生在這時送來了伊曼的沙拉，但是伊曼一點胃口也沒有了。他只是靠著椅背，覺得手腳都有些麻木。

「你知道嗎，你可以盡量去和其他人約會。就像你以前一樣。」伊曼說。

他看見尚恩的表情扭曲了一下，而他心底湧起一絲罪惡感。這是尚恩少數告訴他的其中一件事，他卻用這件事來刺傷對方。但是現在的伊曼，完全不想去顧慮尚恩的心情。「你完全不知道問題在哪裡，對不對？」他勾起嘴角。

尚恩瞪視著他。「你是什麼意思？」

「意思是，我受夠你的遊戲了。」伊曼說。「你告訴過我，你見識過所有人在戀愛中玩的那些把戲。但是你自己也在做一樣的事。」

尚恩撇開了視線。他白皙的臉頰上泛起一絲紅暈，不知道是不是伊曼的錯覺，他也覺得尚恩的眼眶有些泛紅。伊曼感覺到自己的胸口隱隱作痛。他咬了咬牙。

不，這次他不會再讓任何一個人踐踏他的感情。

「我以為我對你來說不一樣。但現在，我覺得我不想玩了。」

說出這句話，令伊曼覺得自己的心臟像是被人用刀子割去了一塊。尚恩抬起淺藍的眼睛，在他臉上來回搜索，好像想要確定他究竟是什麼意思。他的表情一片空白，伊曼沒有辦法從他瞪大的雙眼中看出任何情緒。

伊曼站起身，從錢包裡掏出兩張二十元的紙鈔，放在桌面上。

「俱樂部見吧。」他說。

然後他頭也不回地走出了餐廳。

直到他爬進自己車子的駕駛座，他才把頭伏在方向盤上，發出一聲低沉的吼叫。

他在那裡坐了好一陣子，直到他確保眼淚不會再遮擋他的視線為止。

Chapter13

在尚恩當DJ這麼多年的時光裡，他從來沒有蹺過班。一次都沒有。

但是這天晚上，他覺得他必須遠離俱樂部。或許是因為他受傷的自尊心，或許是因為他的羞愧和罪惡感——但無論如何，他都沒有辦法和伊曼在同一個空間裡呼吸。

他把自己關在家裡，用一瓶廉價的威士忌當作自己的懲罰。辛辣刺激的口感灼燒著他的喉頭，但雖然他因為身體的本能反應而嗆咳不已，他卻無法真正感覺到喉嚨的疼痛。

他真的搞砸了。這一次，他沒辦法為自己的錯誤找任何藉口。伊曼受傷的眼神，就像是鬼魂般在他眼前徘徊。尚恩在淚水與淚水之間，腦中不斷重播伊曼離開餐館的背影。

現在想起來，他無法理解自己為什麼會告訴伊曼，他有在和別人約會的事實。不，如果他捫心自問，他其實很清楚為什麼。因為他覺得這沒什麼。他覺得這不重要，也覺得伊曼不會介意。

但是他是誰？他有什麼資格決定別人會不會因為他的行為而受傷？

「你見識過所有人在戀愛中玩的那些把戲。但是你自己也在做一樣的事。」伊曼最後對他這麼說，而這句話就像隻蒼蠅一樣，在他的腦海裡不斷迴旋，嘲笑著他。

他一次又一次地在錯誤的感情中消耗自己的心力，而當他終於遇上一個他覺得值得的人時，他才發現，他根本沒有能力去真正愛一個人。

尚恩不知道自己在什麼時候成為了他最想迴避的那種人，那種無法投入真感情、也無法在一段關係中負起責任的人。

伊曼說得對，也完全說錯了。不是他配不上尚恩，是尚恩不值得伊曼的用心。

他的手機裡跳出一則又一則的訊息，還有一通通他不想接起的來電。是俱樂部裡的舞者們，但是尚恩如果真的接了電話，他要怎麼和他們解釋他的鼻音？於是他就像往常一樣，選擇了最簡單的一條路，假裝外面的世界不存在，假裝所有的人都不存在。

這個晚上，只有他和黑暗中的那張沙發，像一艘在暴風雨中搖擺的小船。

尚恩不確定自己什麼時候昏睡過去的，但當他醒來時，他連書店的班也錯過了。他的手機上有好幾封來自懷特的訊息。

他拖著自己疲憊痠痛的身體爬下床，隨意梳洗過後，便前往布克先生的書店。

「我很抱歉。」見到懷特時，尚恩便直接切入重點。他通常不是這麼容易坦然道歉的人，但是此時，他的精神似乎低迷到連自尊心也降低了。

「我臨時找了賽琳娜來代班。」站在櫃檯後方的懷特說道。「幸好她今天沒有安排瑜伽的課程。」

尚恩轉頭看向正在書店角落整理書櫃的賽琳娜。賽琳娜是個品味獨到，總是編著一頭辮子的女孩。尚恩和她幾乎沒有說過什麼話，就算是他們一起上班時也一樣。

「她人很好。」尚恩說。雖然他知道自己沒有什麼立場說這句話。

「她是人很好。」懷特說。「如果你多花一點時間了解她，你也會知道的。」

「對。我猜是吧。」

「她不介意替你代班，但是，尚恩。」懷特的口氣十分平靜。「你得知道，這種事情不能常常發生。有別的工作的人不是只有你。賽琳娜不是隨時都有辦法這樣來救急。」

「我知道。」尚恩低聲說。「我很抱歉。」

懷特的口氣輕鬆而隨性，不帶任何指控的意思，但尚恩卻湧起了一股罪惡感。他感覺自己的臉頰微微升溫，當賽琳娜往他們的方向看過來時，他便忍不住撇開視線。

在剛才懷特開口之前，他甚至不知道賽琳娜還有在兼差教瑜珈課。但是話說回來，他怎麼會知道呢？他從來沒有在意過他身邊的其他人——除了喬治之外，他甚至沒有稱得上是「朋友」的人。

就連喬治，他也只有在夜店上班的時候才會見到面。他明明可以和喬治吃個飯，或是約出來做點什麼都好。但是他從來沒有這樣做過。一次也沒有。

「你明天來代賽琳娜的班吧。」懷特說。

「好。」尚恩說。

「每個人都有狀況不好的時候，我不會說這是你的錯。」懷特說。他傾身向前，一隻手搭在尚恩的肩上，用力拍了拍。他認真地看著尚恩。「但是就像我之前和你說過的，你得振作起來。」

「我知道。」尚恩說。

他只是不知道需要花多少時間才能做到。

人總是在最奇怪的時間點，認識關於自己最不可思議的一面。

當尚恩離開書店時，他突然感到一股無法抑制的強烈悲傷。他勉強往前走了一個路口，最後終於在一張長椅上坐下。他用一隻手摀著臉，感覺到自己的胸口劇烈起伏，幾乎無法呼吸。他張大口，試著將更多的空氣吸進肺裡。

這是尚恩在離家之後，第一次意識到他有多麼孤獨。

說來好笑，現在他真正失去伊曼後，似乎有一層帶著色彩的包裝，也從他的生活四周一同剝落了。他的生活除了夜店、除了書店，還剩下什麼？他曾經以為他什麼都有了，但他其實什麼也沒有。

他沒有朋友、沒有家人，也沒有情人。是他自己做的決定，使他把自己與身邊所有人的關係都切斷了。他的生活只是一個空殼，看起來光鮮亮麗，裡頭卻一片空蕩。

或許——只是或許，他追求的那些童話故事，都只是為了要填補他內心的空洞而已。他將自己藏身在那些美好而絢爛的故事後方，看著人們因為他說的故事沉迷陶醉，是因為這樣他才能假裝自己是其中一份子。

但是自始至終，最需要被童話故事拯救的人，其實是他自己。

尚恩聽到一陣嘶啞的嗚咽聲，而他花了一點時間才意識到，那是他自己的聲音。

巨大的悲傷像是沉睡許久的火山，不斷從他胸口湧出，而尚恩無法阻止自己的淚水順著臉頰滾下。

但是哭著哭著，他又覺得好笑。看看他，尚恩．葛林，在夜店之間小有名氣的DJ尚恩，居然淪落到坐在街上痛哭的地步。如果有人在路上認出他來，他們會怎麼想？他想像著外出午餐的上班族經過他的面前，用同情又困惑的眼神打量著他，這荒謬的場景使他忍不住笑了出來。

他的笑聲和哭聲混雜在一起，像是某種野獸的吼叫。在行人的眼中，他大概就像是個神經病吧。如果他還有一點尊嚴，他絕不會容許自己在大庭廣眾之下做出這麼丟臉的事。但是此時，尊嚴是他待辦清單中的最後一條。

尚恩不確定自己究竟在那裡哭了多久、笑了多久。當他終於能夠將空氣好好吸進肺裡時，他注意到自己身邊的椅子上，多了一包攜帶式的小包面紙。

尚恩不禁哼笑出聲。他抽出一張面紙，抹去臉上的一片狼籍。然後他顫抖地深吸一口氣，抬眼看向前方的街道。

他還有另外一個地方要去。

愛琳坐在辦公桌後方，靜靜地打量著他。

尚恩站在房間中央。愛琳的表情很平靜，但是不知為何，尚恩心中的感覺，就像是高中時代被叫進校長室裡時一樣。

「你確定嗎？」愛琳開口，聲音十分溫柔。

尚恩輕點了一下頭。「我很抱歉。是我的錯。」他的視線緊盯著愛琳桌上的一支鋼筆。「我知道合約是簽到明年的三月。但是如果妳容許的話，我希望年底就能離開。」

事實上，叫尚恩在這裡待到年底，對他來說都是一種折磨。在他和伊曼的狀況變成現在這樣之後，就連在A區多工作一天，都令他感到痛苦不已。如果可以，他甚至想要此刻就離職。但是他以後如果還想要在這個圈子裡待下去，他還是得負起一些責任。

愛琳不置可否地應了一聲。她深色的雙眼在他的臉上來回搜尋，而尚恩實在無法回應她的視線。他知道就他現在的狀態，他太容易被看穿了。而最糟的是，此時的他無力捍衛自己。

「在你加入的時候，我曾經說過，不要把你的私生活帶到工作上。」愛琳說。

尚恩無聲地點了點頭。

「而我得說，你昨天翹班的事情，差點造成我們的一大麻煩。」愛琳繼續說下去。「是克里斯找了他的朋友來緊急支援我們，音樂才不至於開天窗。」

尚恩不知道他還能說什麼。「我很抱歉。」他喃喃回答。

「但是看你現在的樣子，我不得不懷疑你把私生活帶到工作上。」愛琳頓了頓。

尚恩的視線回到她臉上。她是什麼意思？

「我認為，你是把工作和私生活結合在一起了。」

尚恩的心頭一揪。他想起傑夫曾經說過，愛琳就是這裡的熊媽媽。她為什麼會知道？

「這讓你的音樂有一種特別強烈的情感，而這不是壞事。」愛琳說。「只是你現在應該也知道了——當你用工作去彌補心靈中缺乏的部分時，只要你的心態崩潰，你的工作表現就會大打折扣。」

「我知道。」尚恩低聲說。

「而這就使我不得不問你一個問題。」愛琳說。

尚恩抬起紅腫的雙眼，等待她繼續說下去。

「你還好嗎，尚恩？」

儘管他不斷在心中攔阻自己，但是他的身體彷彿脫離了他的掌握。聽見她的問題時，他的淚水便像是受到某種召喚般，立刻眼眶溢出。

尚恩．葛林就像是個青少年一樣，在自己的老闆面前哭得渾身顫抖。

他一邊咬著嘴唇，一邊搖頭。眼淚使他的視線變得模糊，而當他注意到時，愛琳已經從辦公桌後方走了出來，站在他面前。她身上穿著洗鍊的白色西裝，優雅得像是電影裡會出現的時尚雜誌主編。

她伸出手，溫柔而堅定地將尚恩拉進懷裡。

尚恩比她高出半顆頭，但是此時，尚恩卻覺得自己無比渺小。愛琳的手輕拍著他的背脊，就像是在安慰不小心摔倒而哭泣的孩子。

尚恩的下顎靠著她的肩膀，淚珠不斷下滑，在她的墊肩上留下一個個深色的圓點。

「沒事的。」她輕聲說。「沒事的。」

他不確定自己在愛琳的擁抱中哭了多久，但最後，尚恩終於深呼吸幾口氣，止住眼淚。愛琳鬆開雙臂，他便向後退開了一步。

他尷尬地用手背抹去殘留在下巴的淚水，對愛琳歪著嘴一笑。愛琳回應他一個微笑。

「他們說妳是熊媽媽。」尚恩說。「現在我懂為什麼了。」

愛琳半靠著她的辦公桌，雙手交握在身前。「我見過許多孩子的故事。」她說。

「而我只能說，他們每一個人都是藝術家。你也是，尚恩。孤獨是構成藝術的一種重要因素。但是別讓它毀了你的人生。」

尚恩嚥了一口口水，點了點頭。

「我可以問妳一個問題嗎，愛琳？」

愛琳聳了聳肩。

「妳是怎麼看出來的？」尚恩說。「妳覺得我看起來很孤單嗎？」

「嗯。」愛琳微微一笑。「我可以說，只有太孤獨的人，才會連來自老闆的擁抱都毫不抵抗地接受。」

尚恩不禁笑了起來。

當愛琳再度開口時，她的語調變得輕鬆卻公事公辦，剛才溫柔得像是母親般的口氣已經消失了。「在你昨天晚上蹺班之後，我願意給你第二次機會，讓你繼續在這裡工作。」她說。「但是如果你堅持要在年底時離開，我也不會阻止你。」

尚恩咬著嘴唇，點了點頭。

「我們再觀察一陣子，如何？」愛琳說。「就一個月。如果下個月的這個時候，你還是覺得離開才是正確的選擇，那麼，我也會祝福你接下來的道路。」

「好。」尚恩說。「一個月。」

不過他覺得，他已經知道自己的答案了。

愛琳輕點了一下頭，然後對他揚起下巴。「我希望你的眼睛沒有腫到會影響你今天晚上的演出。」

「不會的。」尚恩說。「我保證。」

走出愛琳的辦公室後，尚恩首先前往了廁所。他瞪視著鏡中的自己，浮腫的臉頰和發紅的眼眶，使他看起來狼狽不已。

在尚恩的戀愛史中，從來沒有一次分手，讓他變得這麼悲慘。他曾以為自己什麼都見識過了，但事實證明，他還是高估了他自己。此時，他最想做的事，就是把自己沖進馬桶裡，從此以後什麼都不必再面對。

他打開水龍頭，一次又一次地將冰冷的水拍在臉上。

振作一點，尚恩，他告訴自己。至少他還有一點能力，可以他媽的把工作做好吧？

尚恩抽出一張擦手紙巾，將臉頰上的水珠擦乾。然後他從外套口袋裡掏出工作時用的那條黑色三角巾，綁在自己的口鼻上。

Chapter14

還沒有走到A區的入口，尚恩就看見兩個人站在門前的台階上。他們背著後背包，頭上戴著鴨舌帽。尚恩甚至可以想像他們的背包上插著旅行團標誌的小旗子。他們看起來就像是迷路的觀光客，或是初出茅廬的學生——這在洛杉磯可不少見。

此時是下午四點多，距離俱樂部開門還有一段時間，舞者們應該都在裡頭練舞或健身。大門上清楚寫著營業時間。他們為什麼要在那裡逗留？

「有什麼我能幫上忙的地方嗎？」尚恩走上前，在午後的陽光下瞇起眼睛。

聽見他的聲音，兩人便從階梯上轉過身來。

尚恩皺起眉。不知為何，這兩個人的面孔，對他來說有一種似曾相識的感覺。尚恩的目光掃過男孩藏在帽子下的金髮，還有女孩挺直的鼻梁。

他看過這兩張臉。他只是一時之間想不起來他們是誰。

然後一幅模糊的畫面在他腦中逐漸成形。那個畫面中有一間小屋，一個女人的雙手搭在兩個孩子的肩上，三人臉上都掛著燦爛的笑容。

儘管現在男孩的面孔輪廓變得粗獷了一些，女孩的頭髮也留得更長了，但是尚恩不會認錯的。他知道他們是誰。

他們是伊曼沒有血緣關係的弟妹。是這幾年伊曼拚命想逃離，卻又無法真正放手的家人。

現在唯一的問題是，他們在這裡做什麼？

兩人對視了一眼，看起來似乎有些困惑。

「呃，我們……」男孩囁嚅地說。

女孩打斷他的話，往前走了一步，站在男孩身前。「這裡是A區俱樂部嗎？」

「如假包換。」尚恩對著大門打了個手勢，嘴角勾起一抹微笑。「就寫在招牌上了。」

嗯，他倒是要看看這兩個小孩在打什麼主意。尚恩決定先不揭穿他們。他只是調整了一下掛在肩上的背包肩帶，雙臂交抱在胸口，來回打量著兩人。

「好的，所以……」男孩又開口了。

他好像不是很確定自己現在該說什麼，只見他猶豫地看了自己的妹妹一眼，像是在徵詢她的同意。

「有什麼我能幫上的地方嗎？」尚恩又問了一次。「如果你們是來面試的，我可以帶你們進去找愛琳。」

「呃，不。」男孩急忙伸出一隻手揮了揮。「我們只是……」

女孩抬起眼，直視著尚恩。「你在這裡工作嗎？」

尚恩有些好笑地看著說話的女孩。嗯，她感覺是個個性火爆、橫衝直撞的孩子。但她不害怕對初次見面的陌生人說話，這點值得鼓勵。

「嗯，顯然是。」尚恩回答。「現在，如果不告訴我你們的目的，我恐怕得請你們讓開了。我正要準備進去上班呢。」

尚恩走上台階，從兩個孩子之間走過。他刻意伸手在門上的營業時間前比劃了一下。「營業時間還要再過兩個小時才會開始。你們可以等那時候再回來。」

就在尚恩準備動手開門時，女孩突然又開口了。「等等。」

也該是時候了。尚恩停下手邊的動作，轉過頭看了她一眼。「怎麼了？」

「你……」女孩似乎有點不知道該如何啟齒，她回頭和男孩再度交換了一個眼神，咬了咬嘴唇，然後對上尚恩的視線。「你認識伊曼．歐文斯嗎？」

聽見伊曼的名字，還是會令尚恩感到心臟一緊。但他只是不動聲色地看著眼前的兩人，在腦中搜索著正確的回應。

最後，他只是露出自己最和善的微笑，彎起雙眼。「噢，伊曼啊。我當然認識他了。」他頓了頓，然後把頭一歪。「請問你們是……？」

「我們是……」

「我們是伊曼．歐文斯的弟妹。」

比起男孩的欲言又止，尚恩更欣賞女孩強硬的態度。但這和他喜不喜歡這兩個人，又是完全無關的兩回事了。

「是嗎？」尚恩刻意緩緩地由上至下打量了兩人一圈。最後，他的視線回到女孩臉上。「我覺得比起伊曼，你們倒是更像我的家人。」他扯著嘴角，雙手交抱在胸前。

女孩的表情動搖了一下，臉色漲紅。她說：「我們和他沒有血緣關係，但我們是一家人。」

「啊，真是感人。」尚恩說。「很不幸地，伊曼現在還不在這裡。你們有什麼重要的事，我可以代為轉達。」他不知道伊曼現在到俱樂部了沒，但是這有何妨？反正他們也沒辦法進去檢查。

聽見他這麼說，女孩便有點太快地開口了。「不，我們只是——」女孩頓了頓，似乎不太確定要怎麼措辭。

「聽著，我沒有一整天的時間可以陪你們站在門口。」尚恩說。「如果你們不介意的話，我上班快要遲到了。」

他再度轉過身，動手開門。就在他拉開沉重的入口鐵門時，女孩好像終於下定了決心。她的聲音又快又急，好像深怕自己後悔似的。

「我哥哥說過他在一間夜店裡兼職。我們只是想要來找他，因為我們有事情要問他。但是我們在地圖上看到的……」她抬起手，搖了搖手機。「這裡好像是，你知道……這裡是……」

「脫衣舞俱樂部。」尚恩友善地替她把話說完。「是的，我非常清楚。」

尚恩看見站在後方的男孩，表情變得有些難為情，好像很不舒服似地轉開頭，望向街道。

「那麼，我哥哥伊曼，他……」女孩說。「他是……」

尚恩大概知道這個對話的走向了。有那麼一瞬間，他猶豫著該怎麼回應。一部分的他認為這件事和他無關，這是伊曼的家務事，而他沒有資格，也不需要替伊曼做任何分辯。但另一部分的他，卻明確地感覺到內心深處有一把火正在點燃。

「如果妳是想問，他是不是脫衣舞者？」尚恩平靜地說。「是的，他是。」

女孩的面孔扭曲了一下，就像被人推了一把似的。尚恩看著她臉頰的肌肉抽動、皺起眉頭，然後抿起嘴唇的模樣。儘管只是短暫的一瞬間，女孩的表情就恢復了正常，但那樣的臉色，尚恩見過太多了，那股生理上無法接受的嫌惡，他是不會認錯的。

她的表情就像是一顆火種，使尚恩心中的怒火轟然升起。

「好吧，但是他沒有告訴我們——」女孩說。

「如果妳的記性不好，我想我得提醒妳一下。」尚恩說。然後他轉向男孩。「你們兩個的學費——妳之所以可以從高中畢業，都是因為妳哥哥在這裡工作的關係。」

女孩的臉色再度漲得通紅。「我沒有說他……」

「是嗎？」尚恩說。「但妳的表情已經勝過千言萬語了。」

「我們來這裡，只是因為媽媽會擔心。」男孩走上前來，站在他妹妹身邊。「她希望我們來看看伊曼過得怎麼樣。」

這句話使尚恩不禁笑了出來。他歪著嘴，譏諷地看著眼前的兩個孩子。「我想你們比較在乎錢怎麼樣。」他歪著頭看向男孩。「讓我想想，你的大學申請得如何了，孩子？」

男孩錯愕地張大了嘴。「我——你怎麼知道？」

「這不干你的事。」女孩反駁。「你又是誰？你憑什麼對我們這樣說話？」

「這確實不干我的事。」尚恩一聳肩。「但是當我看見兩個小混蛋跑來我工作的地方，羞辱我的職業，還有我的朋友，這就干我的事了。」

「我們沒有。」女孩抗議道。

「如果你們還有一點良心，你們就會為自己的人生負責了。」尚恩咧嘴一笑。「但是你們只是個笑話——一個高中畢業後，還伸手向哥哥要錢、要他負責你的大學學業。一個拿著哥哥的錢唸高中，卻瞧不起那幾張鈔票的來源。」

他盡可能地保持自己的神色平靜，但是他懷疑他不斷起伏的胸口和肩膀已經出賣了他。但他無法容許有人當著他的面侮辱伊曼，就算他的大腦知道這麼做毫無意義，他的身體也無法坐視不管。

他記得伊曼和他說過的每一個故事：他是如何為了這兩個和他本質上毫無關係的手足，還有一個虛無飄渺的「家庭」，幾乎賠上了自己的整個人生。他是如何為他們付出心血，做出一切的決定都是以他們為考量，儘管沒有得到家庭應有的溫暖，卻仍然負起照顧這個家的責任。

然而這兩個不知感恩的小鬼頭，卻還有膽子跑來這裡，當著他的面羞辱伊曼的努力？

「如果可以，我真希望伊曼沒有你們這樣的『家人』。」尚恩說。「你們知道嗎，伊曼這個人最失敗的地方，就在於他的心腸太柔軟。他就是沒有辦法認清，你們只是在吸他血的水蛭——你們只是寄生在他身上的害蟲而已。」

閉嘴，尚恩，你話說得太重了。尚恩內心的聲音警告道。但是他沒有辦法阻止自己的嘴巴。

女孩的臉色幾乎發青。她的面孔因憤怒與羞恥而扭曲，渾身發抖，對著尚恩大叫出聲：「你到底是誰？你以為你知道什麼？我們家的事情，輪不到你來多嘴。」

「對，我百分之百同意。很高興我們有共識了。」尚恩說。「所以我現在要進去準備工作，而你們則可以準備離開了。」他一手抓住門把，深吸一口氣，然後再度露出微笑。「如果你們繼續逗留在這裡，我恐怕需要報警擅闖私人土地了。」

女孩張大嘴，還想要說些什麼，但是尚恩不給她機會說。他走進漆黑的室內，將大門重重甩上。他把背貼在門板上，吸入幾口長長的空氣，試著把自己的心跳速度壓下。

女孩說的話在他的腦中迴盪。是的，他知道他沒有立場為伊曼說這些話，再也沒有了。他忍不住暗自嘲笑起剛才的衝動。

這幾個星期以來，他和伊曼之間的互動已經趨近於零。即使在同一個空間裡，伊曼也把他當成空氣。他們沒有眼神交集，沒有肢體接觸，就連在舞台上，伊曼也沒有往他的方向看過一眼。他們兩人是兩條平行線，又像是同時存在於不同的宇宙。

尚恩已經快要習慣了，真的。儘管當伊曼無視他的時候，他還是會感到胸口隱隱作痛，但是他知道這種感覺會逐漸麻痺，就像以前一樣。

那麼，為什麼他仍然把伊曼的事掛記在心頭，就像他從未離開過那樣？為什麼有人侮辱伊曼時，他的怒氣甚至更勝於自己被嘲弄的時候呢？

尚恩低聲地笑了起來。他輸得好徹底。他從來沒有輸得這麼慘烈過。

等到一個月的期限到來時，他就會告訴愛琳，他已經下定決心要離開了。這是他唯一挽救自己的方式。

Chapter15

在「故事角落」的預約單上看見伊曼的名字時，尚恩還一度覺得是自己眼花了。畢竟，現在他們之間這樣的狀態，伊曼怎麼還會想要帶他的孩子們來聽他說故事呢？

「再過半小時。」懷特對他說。

「沒問題。」尚恩回答。

雖然嘴巴上這麼說，但尚恩覺得自己就像是回到小學時代，第一次要上台報告之前。他的腸胃翻攪著，掌心出汗，心臟彷彿沉到了腹部的最底端。

他好緊張，儘管他知道他沒什麼好緊張的。他和伊曼的關係已經來到最低點，還能發生什麼更糟的事？

接下來的這半小時，尚恩都不知道他是怎麼度過的。他就像是無頭蒼蠅一樣在書架之間遊蕩，雙手整理著架上的圖書，但他的心思卻亂成一團，無法集中精神。然後他來到故事角落的書櫃前，開始挑選等一下要和孩子們說的故事，又因為心不在焉而無法下定決心。

最後，他終於拿下陸可鐸所作的那本《你很特別》。他脫下自己的鞋子，小心翼翼地放進鞋櫃裡，然後來到角落的扶手椅上坐下。

書店門口的鈴鐺響起時，尚恩的心臟便怦怦跳了起來。他抬起眼，看向開啟的玻璃門。孩子們嘻笑的聲音立刻充滿了整個空間，而尚恩從書架的上方看見了伊曼的臉。

他聽著懷特再次向孩子們解說書店的規則，而他只是坐在椅子上，一隻手指不斷撥弄書頁的一角。眼前的畫面有點似曾相識，但這兩次的故事時間，尚恩的心情卻是天差地別。

終於，懷特領著孩子來到故事角落的地墊前。伊曼依然和上次一樣，走在隊伍的最後方。

當尚恩靜靜地看著他們朝他走來。他穿著一件牛仔夾克，下身穿著寬鬆的工作褲，將他精壯的肌肉給藏了起來。他的鬈髮落在肩膀上，一縷褐色的髮絲從耳朵後方溜了出來，懸掛在他的臉頰邊。

尚恩想要伸手把他的頭髮撥回原位。

尚恩想要從學生之間走過去，抱住他。

尚恩想要告訴他，他很抱歉，一切都是他的錯。

「嗨。」但最後，尚恩只是這麼說道。

伊曼對上他的視線。他的嘴角勾起一抹淺淺的微笑。

「嘿。」伊曼對他點點頭。

尚恩嚥了一口口水。他機械式地和一群興高采烈的一年級學生們打招呼，然後翻開繪本的第一頁，開始講起那一群木頭雕刻成的小微美克人的故事。

這個故事，尚恩已經講過無數次了。他甚至不用看著書頁，也能說出主角胖哥在哪一頁被人多貼了一個象徵失敗和無能的灰點點貼紙。他應該要輪流看著孩子們的臉說故事的，但是不知怎麼地，整本故事的時間中，尚恩的視線幾乎都停留在伊曼身上。

伊曼就和上次一樣，靠在一旁的柱子上，目不轉睛地看著他。他的表情平靜得讓尚恩無法解讀。他在想什麼？他今天來這裡，只是單純地帶孩子們來聽故事，還是有別的話要對尚恩說？

尚恩照著他講這本繪本的慣例，在故事開始時，發給孩子們一人幾張自己製作的灰點點和星星便條紙。故事進展到一半，尚恩停了下來，邀請孩子們把貼紙貼在自己右邊的人身上。這個小活動製造了一點點小騷動，怕癢的孩子們尖叫大笑著，有些人則拒絕讓同學把灰點點貼紙貼在他身上。

在伊曼和尚恩的合力安撫下，故事才得以繼續。尚恩講述著木匠伊萊，是如何用愛的力量，將胖哥身上的灰點點貼紙拿下的。

「所以，不管有誰在你們身上貼了灰點點貼紙。」尚恩說。「只要有人愛你——你的爸爸，你的媽媽，你的朋友，或是你們的伊曼老師，那些灰點點就會掉下來。就像這樣。」

他伸出手，將他面前的男孩身上的一個灰點便條紙輕輕一撥，貼紙便像是微風中的花瓣，緩緩飄落到他們所坐的地墊上。

「你很特別。」尚恩看向眼前的孩子們，然後再度將視線轉向站在後方的伊曼。「你們每個人都是。我希望你們今天回家之後，都會一直記得這件事。」

不知道是不是尚恩的錯覺，伊曼的眼中，似乎浮現出一抹淡淡的笑意。

故事時間順利結束，懷特再度接手，帶領孩子們去進行書店巡禮。伊曼站在書架之間，和那群孩子保持著一小段距離。

尚恩的腳像是陷入流沙裡，寸步難行。他想要去和伊曼說話，但是他的身體卻有點抗拒這個念頭。他們其實幾乎天天都會見到面，尚恩的心裡有一個聲音在抗議。他這麼多天以來都沒有和伊曼說一個字，為什麼非得挑現在？

但是這不一樣。尚恩反駁自己。伊曼是自己來這裡找他的。如果他不想要和尚恩有工作以外的任何關係，他根本就不需要報名故事角落。

這應該代表著一點什麼，對吧？

他肩膀上的惡魔和天使還在忙著辯論，所以尚恩根本沒有注意到，伊曼已經來到他面前站定。

伊曼輕輕清了一下喉嚨，尚恩才回過神來。他的天使和惡魔一瞬間消失得無影無蹤，使他的大腦變得一片空白，所有的思緒憑空蒸發。

伊曼的表情平靜得令人感到不安，尚恩只能把手握成拳頭，插進口袋裡，才能阻止自己微微地顫抖。

「連恩打給我，告訴我他們和你說過話了。」

這是這幾個星期以來，伊曼第一次看著他的眼睛對他說話。他從來沒想過，他有多懷念和伊曼對話的感覺，就算只是最客套、最生疏的閒聊也一樣。他感覺到自己的臉頰逐漸升溫。

不行，他們的時間不夠。懷特的導覽不算長，他們沒有太多時間可以說話。

伊曼淺綠色的眼睛直盯著他，使他幾乎無法思考。尚恩嚥了一口口水，命令自己的大腦快點運作起來。

最後，他只是吐出一句：「連恩？」

「我弟弟。」伊曼微微一笑。

「噢。」尚恩說。「對。關於那件事。」

他早該猜到的。就算伊曼和他的弟妹關係再疏離，伊曼也不可能永遠迴避他們。

他早該知道，這兩個孩子遲早都會告他的狀。

伊曼低聲笑了起來。他的笑聲一如往常地溫柔，帶著一點點沙啞的喉音，使尚恩的後頸一陣發麻。「他們說你把他們臭罵了一頓，狠狠羞辱了一遍。」

「他們可能有點誇張了。」尚恩一聳肩。「但是，對。我猜是吧。」如果說人是水蛭和寄生蟲算是什麼嚴重侮辱的話。

他的「對不起」已經在舌尖上顫動，就要準備脫口而出，但是伊曼的下一句話，卻使他愣在原地。

「謝謝你。」

尚恩皺起眉頭，張開嘴又閉上。他不太確定伊曼為了什麼在向他道謝。「為什麼？」

伊曼轉頭看向懷特和孩子們的方向，思索了一下，然後搖搖頭。「我覺得我現在應該沒有時間和你解釋整件事了。我只是想，你為了我，對他們說的話⋯⋯」他把手插進了工作褲的口袋，將重心放在腳後跟上，身體微微地前後搖擺著。「我很驚訝你還記得我說過的那些事。」

尚恩不禁哼笑出聲。在伊曼心中，他究竟是什麼樣的人，讓伊曼認為他不會記得他的故事？

「嗯，你也知道。我這個人對故事成癮。」尚恩撇了撇嘴角。「要我不記得你的事，才幾乎是不可能的。」

「對，我想也是。」伊曼說。

他們之間陷入短暫的沉默，只是對望著。伊曼的雙眼在尚恩的臉上搜索著，但尚恩不知道他究竟想要找到什麼。尚恩也來回打量著他的表情。他也不知道自己想要看見伊曼有什麼反應。

後悔嗎？遺憾嗎？還是……解脫？

首先垂下視線的人是伊曼。他低下頭，看著自己的腳尖，然後他的視線再度回到尚恩臉上。

「尚恩……」他低聲說。

尚恩只是睜大眼睛，等待他繼續說下去。

伊曼咬住嘴唇，遲疑了一下，然後搖了搖頭。「不，沒什麼。」他說。「也許下次吧。」

尚恩想要抓住伊曼的手臂，想要對他大叫，要他現在就把所有的話都說清楚。但是此時，懷特已經領著孩子們回到伊曼的身邊。

「所以，各位，今天的書店之旅就到這裡結束啦。」懷特用著對小孩時才會出現的明亮嗓音說道。「你們是不是更喜歡書了呢？」

「是！」

稚嫩的嗓音將伊曼和尚恩包裹在其中，使尚恩不得不將到嘴邊的話全部嚥了回去。

對，他們的時間不夠。他們沒辦法把該說的話在這時說完。

「那麼，我們就下次見了。」懷特對他們舉起雙手。「請記得，『布克先生』的書店永遠歡迎喜歡看書的孩子們來玩。」

伊曼對身邊的小孩們露出微笑，然後看向尚恩。「再見，尚恩。」

尚恩看著伊曼和學生們離開的身影，看著書店的門在他們身後關上。不知道為什麼，他總覺得伊曼說的那個「再見」，讓他感到很不舒服。那聽起來像是永別，好像走出那道門之後，尚恩和他的關係就徹底結束了。

然後尚恩的腦中就像有一道閃光劃過。

不，他錯了。不是伊曼該把所有的話說清楚——真正有話要說的人，是尚恩自己才對。

眼看伊曼正帶著他的學生往書店的右方走去，尚恩的心臟再度狂跳了起來。今天是這段時間以來，他和伊曼距離最近的時刻，不論是身體，還是心靈。如果他不趁現在去把那些話說完，或許他就永遠也不會有勇氣說了。

這是他欠他的。

「懷特。」尚恩回過頭，對正準備要往櫃檯走去的懷特說道。「對不起——我馬上回來。」

「什麼？」懷特在他身後喊道。「你要——？」

但是尚恩沒有聽完他說的話。他大步往書店門口跑去，奪門而出。

「伊曼！等等。」

他來到街上，一眼就看見孩子們倆倆並排著走在伊曼身後，正在往街口的公車站牌走去。聽見尚恩的叫喊，伊曼的身體明顯地一愣。不只是伊曼，街上的其他行人也轉過頭來，好奇地打量著尚恩。

但是尚恩並不在乎。此刻，馬路上的行車和路人都消失了，他的眼中只有站在原地、錯愕地盯著他的伊曼。他的心跳像鼓聲般咚咚作響，幾乎蓋過身邊鬧哄哄的環境噪音。他跑下人行道，繞過整齊排列的小學生們，跑到伊曼身邊。在他跳回人行道上時，他的腳不小心在石階上絆了一下，一個踉蹌差點摔倒。

他喘著氣，但並不完全是因為跑步的關係。「等等。」他又說了一次。「我……有些話想要對你說。」

伊曼對他挑起眉，微微勾起嘴角。「你還在上班吧？你可以這樣跑出來嗎？」

「嗯，懷特可以等一下再對我發脾氣。」尚恩說。「重點是，有些事，我一定要告訴你。」

「你確定嗎，尚恩？」伊曼的眼神轉向那些正睜著大眼睛，來回看著他們的孩子。「這裡還有小學一年級的學生。我不確定……」

「不，我覺得這對他們來說，也是很棒的一堂課。」尚恩露出微笑。但是比起笑意，他覺得自己更像是瀕臨落淚的邊緣。「我是想要跟你說，我很抱歉。」

伊曼眨了眨眼，以幾乎不可見的動作深吸了一口氣。「好。」

「我是說，所有的事情，那都是我的錯。」尚恩咬了咬嘴唇。這比他想像得難多了，他甚至沒有辦法好好看著伊曼的眼睛說出這些話。他用盡全力抵抗自己轉開視線的衝動，然後繼續說下去：「我太自以為是，太自我中心了。當你拿出你全部的真心給我時，我卻還是只想著我自己。我的世界裡，一直都只有我一個人；我從來沒有把任何人真正放到心裡。」

伊曼看著他，吐出一口長氣。

尚恩垂下頭。「我只是……我不知道要怎麼做。」他的視線再度回到伊曼臉上。

伊曼的下顎動了動，但他沒有說話。他只是輕輕點了一下頭。

「我從來沒有對你，或對任何人說過這些話。我一直都覺得這是我一個人的事，但是我沒有想過，我認為理所當然的事，每一件都是在傷害你。我對你做的一切……如果你已經對我徹底失望，我可以理解。」尚恩的聲音顫抖起來。他嚥了一口口水。

「我只是想要讓你知道，我知道你為什麼會生氣。而我很抱歉。」

「尚恩。」伊曼輕聲說。

「我太習慣把別人推開了。我覺得這樣對我來說才安全。」尚恩討厭自己逐漸浮現的鼻音，但是他沒有辦法把它壓抑下去。「但我卻把真正關心我的人也趕走了。這是我的錯。對不起。」

他不知道自己還能怎麼說，才不會在伊曼的學生面前暴露他們曾經是情人的事實，又能把他真正的想法表達清楚。也許他確實不該急著在這時候開口的。他再一次見證了他有多麼自我中心——事實上，他現在只覺得好笑，他不知道伊曼究竟是喜歡上他哪一點。

伊曼只是定定地看著他，淺綠色的雙眼一如往常地清澈而誠懇。尚恩感覺到自己的眼眶一陣熱辣的疼痛。

接著，伊曼對他伸出手。

尚恩還來不及拒絕他，伊曼就已經將他擁進了懷裡。伊曼的雙臂強而有力，將他緊緊圈住。熟悉的味道竄進他的鼻腔，伊曼的體溫使尚恩的身體幾乎要融化。他咬緊牙關，克制自己把頭埋在他頸窩的衝動。他感覺到伊曼的手掌輕拍著他的背。

伊曼的身體微微起伏著，尚恩可以想像他欲言又止的表情。

然後，他聽見伊曼的聲音在耳邊響起，清晰而明朗。「這一切，都只是你貼在自己身上的灰點點貼紙。」

尚恩皺著眉，愣了愣。什麼？

「你覺得你沒有安全感。你說你自我中心。你不懂要怎麼對別人好。」伊曼一字一句，慢慢地說。伴隨著他說的每一句話，他一邊用手輕輕按壓著尚恩的背。「每一件事，都是一個灰點貼紙，貼在你的身上。」
尚恩微微轉過頭，看見孩子們正聚精會神地看著他和伊曼。
噢。他知道伊曼在做什麼了。
伊曼繼續說道：「但是，在我心中，你很特別。」如果尚恩聽得夠仔細，他就能聽出伊曼的聲音帶著最細微的顫抖。「因此，你的灰點點貼紙現在掉下來了。」
尚恩忍不住笑了起來。隨著他的臉頰肌肉移動，一滴淚水便從他的眼角流下。然後是另一滴，然後又一滴。
「而這就是你拿掉灰點貼紙的方法。」伊曼說。「尚恩先生和我，現在正在教你們要怎麼做喔。」
隔著被淚水模糊的視線，尚恩看著孩子們有些困惑、又認真地點著頭。
他很不想要放開伊曼，但是他知道現在並不適合。於是他輕輕拍了拍伊曼的背，從他的雙臂之間退了出來。
「我再打給你。」伊曼柔聲說。
尚恩推起眼鏡，用手背抹了抹臉頰。「好。」
「再見，尚恩。」
「掰。」尚恩說。「路上小心。」
他目送著伊曼和學生們繼續往車站的方向前進，看見伊曼回頭對他揮了揮手。

當尚恩頂著發紅的鼻頭和眼眶回到書店裡時，他覺得自己的腳步像是踩在柔軟的雲朵上，整個人感覺輕飄飄的，身上好像頓時少了許多重量。

這是他第一次想到，在那本繪本中，木匠伊萊告訴他的小木偶人他愛他之後，胖哥離開木匠的工作坊時，或許也有著同樣的感覺。

現在，尚恩知道說這個故事的另一種方法了。

Chapter16

尚恩按下電鈴，他的心臟跳得令他難堪不已。他耐心地等待著，但是每一秒鐘都意外地難熬。真是好笑，他忍不住嘲諷起自己的荒唐。他和伊曼都已經袒裎相見過這麼多次，他現在為什麼還像是初次見面似地緊張？

門的另一側傳來撥弄門鎖的碰撞聲，接著，門板便向後彈開。

伊曼站在客廳裡，身穿一件簡單的白色T恤和棉短褲，看起來自在而舒適。尚恩對上他的視線，而伊曼露出淺淺的微笑。

「嘿。」伊曼說。

尚恩的嘴角微微勾起，但他懷疑自己的笑容一點說服力也沒有。

伊曼往一旁站開，讓尚恩進門。

儘管這已經不知道是他第幾次來伊曼家了，但尚恩此時卻連自己該站在哪裡都不確定。他站在客廳中央的茶几旁，脫下外套，回頭看向伊曼。

「你想要站著說話嗎？」伊曼取笑道。「坐啊。」

尚恩照著他的話做，在沙發的扶手上坐下，把外套隨意掛在椅背上。伊曼朝他走來，在他面前站定。有那麼一段時間，他們兩人什麼也沒說。伊曼只是低著頭，打量著他的臉。尚恩嚥了一口口水，在腦中拚命搜索，卻找不出一句可說的話。

天啊，為什麼這麼尷尬？尚恩從來沒有陷入這麼困窘的狀況過。他向來都是他們之間嘴更快、更好整以暇的那個，但是現在，他的腦子卻是一片空白。

這是在上次書店的會面後，他們兩人第一次獨處。他不知道他們現在是什麼關係，他們該以什麼方式相處。他和伊曼道了歉，兩人總算再度產生互動，然後呢？他們要再從朋友做起嗎？還是他們現在可以直接回到他們分開前的狀態？

尚恩從來沒有和任何一個對象有過第二次機會。他不知道這種事是怎麼運作的。

他可以感覺到自己的臉頰逐漸升溫，他張開嘴又閉上，就是無法說出一個完整的句子。

然後伊曼輕嘆了一口氣。

「我很想你。」他說。

他一步走上前來，伸出手，將尚恩抱進懷裡，結束了尚恩的掙扎。

尚恩的臉正好埋在伊曼的胸口。他深吸一口氣，屬於伊曼的香甜氣味便充斥著他的整個鼻腔。

「我也是。」尚恩悶聲回答。

是的，他也想念伊曼，比他以為的要強烈無數倍。那天在書店外的擁抱，在他放開伊曼之後，才讓他驚覺他有多懷念他的手臂圍繞著他的感覺，還有他的身體有多麼渴望伊曼的體溫。所以他先前才無法讓任何人碰他——其他人的碰觸都會使他產生噁心的感覺，使他只想逃離。

因為他只想要伊曼，只能是伊曼。

一股衝動在尚恩的心底翻攪，而他無法阻止自己脫口而出：「我很抱歉。」他咬了咬嘴唇，閉上眼睛。「我知道你或許沒辦法再對我產生一樣的感覺，我不會怪你。我只是想要讓你知道，過去這幾個月以來，你給我的一切，遠遠超過其他人給我的總和。我——」

伊曼的胸口輕輕顫動起來，比起聽見，他更像是直接感受到伊曼的笑聲。

「尚恩永遠都知道得最多，對不對？」伊曼的下顎靠在他的頭上，低聲說。他的手掌托著尚恩的後腦勺，手指穿過他的髮絲之間。「但是，很可惜，你錯了。」

尚恩抬起頭，看向伊曼的臉。伊曼垂下雙眼，眼神掃過他的臉龐，最後落在他的嘴唇上。「我的感覺，自始至終都沒有變過。」

這次，尚恩沒有抗拒落淚的衝動。他只是讓伊曼的面孔在他眼中逐漸模糊，然後他聽見自己的聲音一次又一次地重複著：「對不起。都是我的錯。是我傷害了你。對不起。」

伊曼的手指撫過他的臉頰，將滑落的眼淚抹去。伊曼彎下身，靠近他的臉，吻上他的額頭。「噓。」他輕聲說。「沒關係。那都已經過去了。誰沒有做過一些笨決定，對吧？」

尚恩閉上眼，感受著伊曼溫暖的手掌捧著他的面頰，接住他流下的眼淚。

柔軟的嘴唇吻上他的，使尚恩錯愕地倒抽一口氣。「唔……？」他反射性地張開嘴想說話，但卻只是讓伊曼的舌頭有機可趁，探進他的口腔裡。

兩人的舌尖輕輕碰觸，像是在試探，又像是邀請。伊曼的舌頭溫柔地與他交纏，動作緩慢而輕緩，但卻使尚恩的整個身體都像是被火點燃般暖了起來。

他的嘴角逸出一聲嘆息。他抓住伊曼的衣服，將伊曼更加拉向自己。他們的吻變得更加熱烈，伊曼似乎已經用盡了他所有的自制力，開始用力吸吮、啃咬他的嘴唇，幾乎沒有給尚恩呼吸的機會。

尚恩聽見自己喘氣的聲音，夾雜在溼潤的吻之間。他的臉頰發燙，渾身的血液感覺就像在沸騰。他可以感覺到血流逐漸往他的下身湧去。突然之間，一股無法抑制的欲望席捲而來，將他整個人團團包圍。

他已經好久沒有碰過自己，也沒有給別人碰過了。儘管實際上才經過幾個月，對他來說卻比幾年還要難熬。此刻伊曼結實的身體緊貼著他，而他不想抗拒自己身體的渴望。

「伊曼……」他向後退開了一點，聲音因性欲而變得沙啞。他略帶顫抖地說：

「我想要。可以嗎？」

伊曼的喉結跳動了一下。然後他的大手抓住尚恩的手臂，將他從沙發上拉了起來。

「去臥室吧？」他說。

前往房間的過程中，尚恩差點就想要叫伊曼停下腳步，在走道上就占有他。但伊曼沒有給他開口的空間。他們的身體糾纏在一起，嘴唇幾乎沒有一刻分離，使尚恩連氣都無法喘一口。

伊曼跌坐在床上，將尚恩拉著一起往床墊上倒去。尚恩俯身在他身上，雙腿跨在伊曼的髖部兩側。伊曼的手輕輕撫過他的脖頸，然後來到他的襯衫領口，胡亂解開幾顆鈕子，便著急地把手探進他的衣內。

「嗯……」

當伊曼的手指碰觸到他的身側時，尚恩只覺得渾身一陣酥麻。他的身體一顫，感覺到他的下體用力抽動了一下。不知為何，這種跨坐的姿勢反而使尚恩感到更加興奮。他的腰肢本能地搖擺了一下，伊曼的唇邊，便發出一聲粗重的喘息。

伊曼勃起的器官隔著薄薄的短褲，抵著尚恩的股間。尚恩將自己的腰下壓，摩擦著伊曼的男根。伊曼的手靈巧地撫過尚恩敏感的胸口，挑逗著他胸前的突起，令尚恩的眼前一花，血液直往他的下半身衝去。

他好想念伊曼的碰觸，他甚至沒有意識到自己的想念有多麼噬人，幾乎要將他整個人吞沒。他趴伏在伊曼的身上，輕喘著、磨蹭著，暫時無法獲得滿足的欲望令他煩躁不已，但也使他激動難耐。

他的手指顫抖地來到他的褲頭，想要解開釦子，想要用手稍稍釋放他所感受到的壓力。但是伊曼好像讀到了他的意圖，及時抓住他的手腕。

「還沒呢。」伊曼說。

透過迷茫的雙眼，尚恩看向伊曼的面孔。只見伊曼微微勾起嘴角，半瞇起雙眼，搖了搖頭。然後他撐起身子，將尚恩推倒在床上。

「你說你很抱歉。」伊曼的眼中閃過一絲惡作劇的光芒。「但是做任何事都是有後果的，對吧？」

尚恩嚥下一口口水。

伊曼的手掌覆上尚恩的褲襠，熟悉地按壓、搓揉。隔著布料撫摩的刺激不夠，卻又將一陣陣快感送過尚恩的全身。

「啊、嗯……」尚恩低哼著，挺起腰肢，想要伊曼更多的愛撫。但是伊曼只是隔著褲子握住他的陰莖，沿著輪廓輕輕撫弄，挑戰著尚恩的理智。

「伊曼，拜託。」他喘著氣，滿臉漲得通紅，抓住伊曼的手腕。「幫我脫掉。」

伊曼微笑著，慢條斯理地為他解開褲頭，拉下拉鍊。當他終於把內褲拉下他的臀部時，尚恩便感覺到自己的器官瞬間擺脫了束縛，向上彈起，矗立在兩人之間顫動著。

伊曼將尚恩的器官一口氣含入最深處，溫熱而溼潤的觸感使尚恩弓起身子，抓住身下的被單。伊曼順著他的輪廓向上舔舐，然後用三隻手指握住他的陰莖根部，一邊套弄，一邊用舌尖刺激敏感的頂端。

「伊曼，不……啊！」

強烈的快感和剛才淺淺的刺激完全是天壤之別，巨大的對比使尚恩的大腦幾乎無法運作。他只能在伊曼的舔弄與挑逗之下呻吟、喘息，任由伊曼給予和奪取。但不知為何，伊曼好像完全知道他的承受極限在哪裡，每當尚恩覺得他就要無法控制自己的高潮時，伊曼就會停下動作，只是用嘴唇碰觸他的龜頭，手握著他的器官，轉而慵懶地套弄。

極度高漲、卻又無法獲得解放的欲望，使尚恩的眼眶泛淚，喘不過氣。

「嗯……伊曼……」他的聲音顫抖而破碎，聽起來淒慘不已。「拜託、拜託你……」

伊曼的唾液包覆著他的陰莖，看上去溼潤而淫穢。尚恩仰起頭，被自己的欲望所困住。

「你是個乖孩子嗎，尚恩？」伊曼的聲音溫柔地說，然後他的嘴唇落在尚恩的腹部，沿著他的肚臍緩慢地親吻。

尚恩嚥了一口口水，點了點頭。

「嗯？」伊曼說。「我沒有聽見答案。」

羞恥感焚燒著尚恩的臉頰。他看向伊曼的臉，只見他清澈的雙眼直勾勾地望著他，一手緩緩地套弄著尚恩的陰莖，就像是一個充滿耐心的老師，在等待資質愚鈍的學生回答問題。

尚恩咬著嘴唇，在伊曼用大拇指輕撫過他的陰莖頂端時，發出一聲悶哼。晶瑩而黏滑的前列腺液已經滲了出來，被伊曼一點點抹開，尚恩無法克制自己的腰部擺動的動作。

然後伊曼再度低下頭，含住他的龜頭，輕輕吸吮了一下。

「啊！」尚恩再也無法忍受了。「我、我是。」他聽見自己的聲音裡帶著哭腔。「我是個乖孩子。」

「是嗎？」伊曼低聲笑了起來。

他再度從尚恩的雙腿間退開。性挫折的感覺使尚恩感到無比痛苦，但是一股無法言喻的興奮之感卻在他的心底蠢蠢欲動。他喘著氣，看著伊曼從床頭櫃的抽屜裡拿出潤滑液。

伊曼一個動作拉下自己的短褲與四角褲，踢到床邊。尚恩嚥了一口口水，看著伊曼粗壯而紅潤的勃起矗立在眼前。他把潤滑液的瓶蓋打開，推到尚恩面前，然後拿出一枚保險套。

「那你就自己來。」伊曼說。他的聲音一如往常地溫暖而柔軟。「把你自己準備好，然後坐上來。」

尚恩從來沒有在自己的對象面前這麼做過。當他將溼潤油膩的手指探向自己的後庭時，他只覺得自己羞恥得像是要死去了。他跪起身子，張開雙腿，顫抖的手指伸進緊繃的小穴裡，來回抽動、擴張。

「嗯、啊……」他用一隻手摀住嘴，試圖壓抑自己的呻吟聲。就算是他自己的手，也帶來了令他意外的快感，或許是因為伊曼正目不轉睛地盯著他的關係。他就像是一名表演者，而伊曼是專注投入的觀眾。

然後伊曼伸出一隻手，握住他的陰莖，緩緩地套弄起來。

尚恩的膝蓋幾乎就要撐不住他的身體。他好想射，好想要被伊曼進入，好想要——

伊曼放開他。尚恩聽見他的聲音低聲說著話，像是在唸著某種咒語。「上來。」

尚恩顫抖著爬上伊曼的身體。他將手上的潤滑液抹在伊曼戴上保險套的器官上，儘管隔著一層薄薄的矽膠，炙熱腫脹的器官仍使他忍不住屏住呼吸。但當他對準自己的穴口，緩緩將伊曼的陰莖沒入自己體內時，他再也無法抑制自己的呻吟。

「啊啊……伊、伊曼——」

他挺起腰，閉上眼睛，感受著伊曼碩大的陰莖一路推開他的肉壁，直達最深處。被填滿、撐開的感覺，使他沒有辦法組合出任何有意義的句子。他只能破碎地喊著伊曼的名字，伴隨著一聲聲喘息和嗚咽，擺動著臀部，試著讓他刺激到自己體內最敏感的地方。

「慢一點。」伊曼的聲音聽起來很壓抑，呼吸粗重。

他的雙手抓住尚恩的腰，阻止尚恩加速。隨著粗壯的陰莖在他體內緩緩移動，尚恩只覺得自己渾身的筋骨都像是要融化了。一波波的快感就像是火星，點燃他身上的每一吋肌膚，使他燥熱不已。

這感覺太舒服了，甚至比他記憶中的還要好上無數倍。他已經快要忘記自己和伊曼的身體是多麼契合，而此時，他體內無比高漲的情緒和欲望，使他只能全部透過呻吟來發洩。他夾緊穴口，只想要讓自己跟伊曼貼合得更加緊密。

他張著嘴，大口喘著氣，他溼潤的器官夾在他與伊曼之間，因為伊曼的動作而不斷晃動，頂端不斷滲出透明的液體。

「伊曼，嗯，我不行……」他的手撐在伊曼胸口，勉強擠出幾個字。「我想射……」

聞言，伊曼的手便握住了他的陰莖，用大拇指抵住龜頭頂部。突來的刺激，使尚恩的身體一陣顫抖。伊曼的器官還在他體內，但是卻停止不動了。尚恩垂下視線，迷茫地在他的臉上尋找線索。

伊曼再度緩緩地套弄起他。坐在他身上的尚恩無處可逃，只能任他撫摸、挑逗。快感使他的視線變得一片模糊，他想要挺腰配合伊曼的動作，但是他的身體卻被伊曼固定在原位，無法動彈。

「還能再忍耐嗎？」伊曼啞聲問道。

尚恩張開嘴，卻只發出一串詞不達意的哼聲。

伊曼溫熱而略顯粗糙的手，依然繼續用令他發狂的頻率，不輕不重地套弄著他。不行，如果伊曼再不住手，他就要……他就要……

「啊！」

突如其來的高潮使尚恩大喊出聲，他的眼前短暫地變得一片空白，大腦暫時失去運作。白濁的液體一次、兩次從他的前端湧出，射在伊曼的手上。他的身體抽搐著，但他還沒來得及喘過氣來，伊曼就再度抓住他的髖部。

「那現在換我了。」伊曼說。

然後他便深深挺進尚恩的體內。過度的刺激使尚恩驚叫起來，剛高潮完就被刺激前列腺的感覺，使他徹底失去理智。他的身體趴倒在伊曼身上，只能任憑伊曼在他體內進出。

當伊曼顫抖地低哼一聲，終於停止擺動腰部時，尚恩的聲音已經喊得沙啞，喉嚨又乾又澀。如果可以，他只想閉上眼睛，直接進入夢鄉。但是彷彿才過了一秒鐘，伊曼就輕輕推了推他的肩膀。

「我們該去清洗了。」伊曼的聲音還帶著性愛後慵懶的尾韻。他溫柔地撫摸著尚恩汗溼的金髮，在他耳邊說：「我可以幫你洗。」

「不能等我睡醒嗎？」尚恩喃喃回答。「我覺得我現在暫時沒辦法站起來。」

伊曼低聲地笑了。「但是你必須站起來。」他吻了吻他的頭頂。「晚上還要上班，記得嗎？」

對，上班。

如此現實的詞彙劃破了尚恩腦中的迷霧，他嘆了口氣，艱難地撐著伊曼的肩膀爬了起來。伊曼疲軟的器官從他的體內滑出，帶著一股黏膩的觸感。尚恩從伊曼的身上跨下，但他的腳才踩到床邊的地面，他的膝蓋就一軟，使他差點摔倒。

「小心。」

伊曼伸出一隻手，及時抓住他的手臂。尚恩看了他一眼，見到他的臉上掛著一抹淺淺的微笑。尚恩感覺臉頰的溫度上升。

「你在看什麼？」他翻了個白眼。

「沒什麼。」伊曼說。「我只是覺得，你好像挺喜歡剛才那樣的。」

「我沒有。」尚恩回答，試圖保持自己面無表情。

伊曼「哈」地笑了一聲，翻身從床上爬了下來。他從尚恩身後環抱住他，帶著他往浴室的方向前進。

「我們可以嘗試很多其他東西。」他在尚恩耳邊說道。「有些事情，讓我有點好奇。」

尚恩決定不追問是哪些事。

但是他突然覺得，伊曼似乎不像他以為的那麼無害。

Epilogue

投影機在牆上打出《惡童日記》的電影畫面。尚恩窩在皮沙發的一角，雙腿橫越過伊曼的大腿，頭枕著沙發的扶手。伊曼的一隻手搭著他的膝蓋。

儘管他的雙眼看著電影，但是他的心思並不在劇情上。

他猶豫了一會，然後輕輕開口：「連恩決定，一月先開始唸家附近的社區大學，他已經報名了。」

尚恩沒有馬上回答。「社區大學。」最後，他說：「那對他來說是好事啊。恭喜。」

和連恩的電話中，他告訴伊曼，他想要先在社區大學修幾個學分，一邊在他們的社區裡找個可以打工的地方。同時，他也會開始注意下個學年的獎學金訊息。

當然，這個決定並不是第一時間就談好的。伊曼花了好幾天的時間，在尚恩的陪伴——或者說監督之下，才終於鼓起勇氣打電話給連恩，告訴他，之後他不會再資助他的大學學費。

這番對話對伊曼來說並不容易，他已經太習慣做那些超過他理應負責的事、太習慣將不屬於他的責任扛在肩上了。對弟弟講出那句話時，他覺得自己的喉嚨就像是被人掐住了一樣，使他差點就被自己的口水嗆死。

但是等他終於把話說完，聽見連恩先是錯愕，然後是質疑的問句時，他卻意外地產生一股鬆了一口氣的感覺，好像有人將一付沉甸甸的重擔從他的肩上抬走了似的。

當下的狀態確實很不舒服，但是在通話結束後，伊曼一次又一次地告訴自己，這一切都是為了未來更長遠的目標。尚恩說得沒錯，他不可能養他的弟妹一輩子。當年他也是靠著獎學金和打工，獨立完成大學學業的。連恩沒有理由辦不到。

就算他辦不到，那也不是你的責任，尚恩是這麼對他說的。而伊曼得承認，他說得對。

伊曼的視線來到尚恩身上，這才發現，尚恩早就在看著他了。伊曼低聲笑了起來。「雖然他沒有告訴我，但我知道，那天被你教訓之後，他回家一定哭了一場。」他搖搖頭。「那個孩子的心太軟了。就連看到蜘蛛網上黏的蝴蝶，他都會忍不住哭出來。」

尚恩不以為然地哼了一聲。他撇撇嘴角。「嗯。對，我想我話是說得有點重。」

「我有問他，但是他不願意告訴我你說了什麼。」伊曼說。「伊蓮娜也不肯說。但她被你氣得半死。」

尚恩聳聳肩，表情一片空白。

「我說，他們是水蛭，是寄生在你身上的害蟲。」他說。

「什麼？」

伊曼愣了一秒鐘。接著他放聲大笑起來。天啊。現在他終於知道為什麼伊蓮娜不願意告訴他了。這句話，就算是用複述的，聽起來也實在太丟臉了。像伊蓮娜那麼要面子的女孩，她才不可能把羞辱她的話再說一次給伊曼聽呢。

更何況，就某方面來說，尚恩的形容簡直精準到不能更精準了。

「我不會道歉的喔。」尚恩說。

伊曼緩緩搖著頭，手掌撫過尚恩的小腿。「雖然這樣說可能有點壞，但是我得說，罵得好。」他對著尚恩露齒一笑。「總得有人給他們一記當頭棒喝。但是這些話，我也真的說不出口。」

「我和他們非親非故，我沒有什麼不能說的。」尚恩回答。他頓了頓，然後補上一句：「再說，那時候，我也不覺得我還會再聽到他們的消息。」

「對。」

雖然不過是幾個星期前的事，但對伊曼來說，那已經像是過了很久很久了。他的目光打量著躺在他身邊的尚恩，心底再度湧起一股不可思議之感。那時候的他，可沒想到他們還會有現在這樣的時刻。

那時候的他，甚至認為他們之間好像已經結束了。

伊曼遲疑了一下。有一件事，他必須要和尚恩談談。「說到這個……」

「怎麼樣？」

「我媽問我，聖誕節的時候要不要回家一趟。」伊曼說。

尚恩挑起眉。「我以為俱樂部會有聖誕節活動？」

「對，所以就算要，我也只會在聖誕節前幾天回去。」伊曼回答。

「嗯，我是說，如果你想的話。」尚恩說。「有何不可？」

伊曼打量著他，在腦子裡盤算著下一句話。他知道他遲早得開口的，但是想想尚恩對他弟妹說過的那番話……他其實不確定這究竟是不是個好主意。

畢竟，他知道尚恩不算特別喜歡他的家人們。

尚恩用膝蓋頂了頂伊曼的胸口。「說吧，伊曼。我知道你還有話想說。」他說。

「是怎樣？」

「我是在想……」伊曼咬了咬嘴唇。「我也不知道，我是說，如果有機會的話——」

尚恩只是靜靜地看著他。他相信，聰明如他，他早就知道他想要說什麼了，他完全可以替他把話接完。尚恩只是想要逼他自己說出口而已。

伊曼嘆了一口氣。「我是在想，你願不願意和我一起回去。」

尚恩沒有馬上回答他的話。但是往好處想，他也沒有馬上拒絕。

「這個問題好像不該問我。」最終，尚恩說道。「也許你比較該問你弟妹，他們願不願意看見我。」

伊曼翻了個白眼。「噢，我才不在乎他們想不想咧。就某方面來說，如果他們看到你就躲，你不是更該跟我一起去嗎？」

聽見這句話，尚恩露出一抹歪斜的微笑。

「那麼，我也不在乎。」

伊曼緊盯著他的雙眼。「所以，你是答應的意思嗎？」

「嗯，我不知道耶。我可能要先和愛琳確認一下，她能不能找到DJ來代班。」尚恩抬起眼，看向天花板，故作思考的模樣。「你知道，我已經把我翹班的額度用完了。」他對伊曼露出自嘲的笑容。

但伊曼不想隨著他起舞。「如果我們提早跟她請假，我相信她不會刁難的。」

尚恩撐起身子，從沙發上坐了起來。他屈起膝蓋，把臉湊向伊曼的面孔。「看來我是沒有藉口可用了，對吧。」他說。

伊曼微笑起來。

「對。」

他的視線落在尚恩的嘴唇上。然後他靠上前，蜻蜓點水地吻了吻他。

尚恩的眼中閃過一絲狡黠的光芒，然後變得無比嚴肅。「先和你確認一件事。」他說。「我是以什麼身分去的？你在異鄉無家可歸的同事，還是……？」

「首先，洛杉磯並不能算是異鄉。」伊曼回答。「再來，你想要用什麼身分，就用什麼身分。我不在乎。」

尚恩的眉毛挑得老高，幾乎都要飛到他的額頭上面去了。「這不是正確答案。」他撇撇嘴角。「這樣一來，我恐怕得說我是你的好兄弟了。而且我們可能得分床睡，也許你得在你以前的房間打地鋪，把床讓給我睡——」

伊曼放聲大笑，伸出手，將尚恩的身體勾進懷裡。他把鼻子埋進尚恩柔軟的金髮中，吻著他的頭頂。

「我們不希望這樣，對吧？」他說。

「當然。我是說，這是你的決定。」尚恩輕柔地回答。

「既然這樣。」伊曼說。「那我只好說你是我的男友了。」

尚恩沒有馬上接話。他的肩膀貼在伊曼的胸口，輕輕顫抖著。然後伊曼聽見他低低的笑聲。

「也只好這樣了。」尚恩柔聲說道。

然後他將頭靠在伊曼的頸窩，手臂環住伊曼的腰。

牆上的《惡童日記》還沒有播完，但是他們已經完全錯過劇情的進展了。沒有關係，伊曼心想。反正他們接下來還有很多時間，可以重新來過。

——《脫衣舞男與DJ的戀愛假象》全書完

高寶書版集團
gobooks.com.tw

FH067

脫衣舞男與 DJ 的戀愛假象

作　　者　非逆
繪　　者　沈蛇皮
編　　輯　賴芯葳
美術編輯　Victoria
排　　版　彭立瑋
企　　劃　李欣霓

發 行 人　朱凱蕾
出　　版　朧月書版股份有限公司
　　　　　Hazy Moon Publishing Co., Ltd
地　　址　臺北市內湖區洲子街 88 號 3 樓
網　　址　www.gobooks.com.tw
電　　話　(02) 27992788
電　　郵　readers@gobooks.com.tw（讀者服務部）
傳　　真　出版部　(02) 27990909　行銷部 (02) 27993088
郵政劃撥　19394552
戶　　名　英屬維京群島商高寶國際有限公司台灣分公司
發　　行　英屬維京群島商高寶國際有限公司台灣分公司
初版日期　2023 年 6 月

國家圖書館出版品預行編目 (CIP) 資料

脫衣舞男與 DJ 的戀愛假象 / 非逆著 .-- 初版 . -- 臺北市 :
朧月書版股份有限公司出版：英屬維京群島高寶國際有限
公司臺灣分公司發行 , 2023.06-
　面；　公分 . --

ISBN 978-626-7201-65-7 (平裝)

863.57　　111020745

朧月書版

朧月書版